U0641385

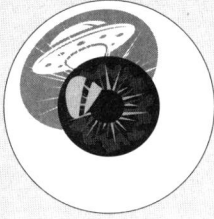

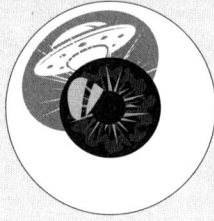

科幻文学
群星榜

华语实力科幻作品
群星奖大满贯

Sci-Fi

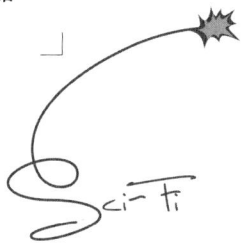

猫

——凌晨的动物科幻小说

凌晨——著

山东教育出版社

图书在版编目（CIP）数据

猫 / 凌晨著 . —济南：山东教育出版社，2021.8（2021.9 重印）
（科幻文学群星榜）
ISBN 978-7-5701-0321-8

Ⅰ . ①猫… Ⅱ . ①凌… Ⅲ . ①幻想小说－中国－当代
Ⅳ . ① I247.5

中国版本图书馆 CIP 数据核字（2021）第 118517 号

MAO

猫　　　　凌　晨　著

主管单位：山东出版传媒股份有限公司
出版发行：山东教育出版社
　　　　　地址：济南市市中区二环南路 2066 号 4 区 1 号　邮编：250003
　　　　　电话：（0531）82092600　　　　网址：www.sjs.com.cn
印　　刷：三河市冠宏印刷装订有限公司
版　　次：2021 年 8 月第 1 版
印　　次：2021 年 9 月第 2 次印刷
开　　本：880 mm×1300 mm　1/32
印　　张：7
印　　数：10001－13000
字　　数：160 千
定　　价：26.80 元

（如印装质量有问题，请与印刷厂联系调换）
印厂电话：0316-3655888

《科幻文学群星榜》编委会

总策划：**李继勇** 北京书香文雅图书文化有限公司总经理
主　编：中国科普作家协会科幻专业委员会
总统筹：**韩　松　静　芳**

编委会：

王晋康／中国作家协会会员，中国科普作家协会科幻创作研究基地主任，中国科幻银河奖终身成就奖及全球华语科幻星云奖终身成就奖获得者。

王　瑶／笔名夏笳，西安交通大学副教授，中文系系主任，科幻作家和科幻研究学者。

任冬梅／中国社会科学院副研究员，科幻研究学者。

江　波／科幻作家，全球华语科幻星云奖、中国科幻银河奖、京东文学奖获得者。

杨　枫／成都八光分文化CEO，冷湖科幻文学奖发起人之一。

李　俊／笔名宝树，科幻作家，全球华语科幻星云奖、中国科幻银河奖获得者。

肖　汉／科幻评论者，北京师范大学文学院讲师。

吴　岩／中国科普作协理事长，南方科技大学教授、博士生导师，科学与人类想象力研究中心主任。

陈楸帆／世界华人科幻协会会长，传茂文化创始人。

陈　玲／中国科普作家协会秘书长。

张　凡／钓鱼城科幻中心创始人，科幻研究学者。

张　峰／笔名三丰，科学与幻想成长基金首席研究员，科幻研究学者。

罗洪斌／中国科普作家协会会员，科幻活动家。

姜振宇／四川大学文学与新闻学院中国科幻研究院院务秘书长。

姚海军／科幻世界杂志社副总编，全球华语科幻星云奖联合创始人。

贾立元／笔名飞氘，科幻作家，清华大学文学博士，清华大学中文系副教授。

姬少亭／未来事务管理局局长。

韩　松／中国作家协会会员，中国科普作家协会科幻专业委员会主任委员。

戴锦华／北京大学中文系比较文学研究所教授，博士生导师，北京大学电影与文化研究中心主任。

李继勇／北京书香文雅图书文化有限公司总经理。

静　芳／北京书香文雅图书文化有限公司总编辑。

想象新时代

　　《科幻文学群星榜》是由中国科普作家协会科幻专业委员会联合其他科幻组织，共同推出的一套科幻书系。这是一个规模庞大的工程，目前来看也是独一无二的工程，基本囊括了中华人民共和国成立以来老中青几代具有代表性的科幻作家的佳作。这些作家以年龄看，最早的是20世纪20年代出生的，最晚的是"90后"。

　　这套书系的出版，恰逢中华民族实现第一个百年目标——全面建成小康社会。因此，它呈现了百年未有之变局中，中国人对一个崭新时代的想象。随后陆续推出的作品，还将伴随中国迈进基本实现现代化的伟大进程。

　　科幻文学作为一种年轻的文学品类，本身就是现代化的产物。1818年，世界上第一部科幻小说《弗兰肯斯坦》诞生在第一个实现产业革命的国家——英国。此后科幻文学在法国、美国、日本等工业化国家繁荣起来，进入蓬勃发展的黄金时代。科幻作品反映着科技时代人类社会的变迁和走向，反思当代人类面临的多重困境，力图打破所谓世界末日的预言，最终描绘出一个五彩斑斓、生机勃勃的新未来。

　　如今，地球上正在发生的最具"科幻色彩"的事件之一，便是中国的崛起。这个进程不仅改变了这个文明古国的命运，也影响着全人类的走向。中国奇迹般地成了拉动世界经济增长的有力引擎。人类历史上首次十亿以上人口的国家将要集体迈入现代化的门槛。中国科幻文学正是中华民族伟大复兴进程的见证者、参与者与推动者。

早在20世纪初，中国的一些有识之士便把科幻作品译介进来，掀起了第一次科幻热潮。它承载起"导中国人群以行进""改变中国人的梦"的使命。20世纪50-60年代，随着中国自己的工业和科技体系的建立，科幻作家们以满腔热情擘画了一个欣欣向荣的新世界。1978年改革开放后，中国再次向现代化进军，科幻迎来新的勃兴。作家们满怀豪情地书写科学技术为实现现代化、为谋求人民的幸福生活所创造出的神奇美景。进入21世纪，尤其是随着新时代的来临，这个文学门类也进入成长的新阶段。随着《三体》等作品的问世，中国科幻迎来了新一轮热潮。作家们描绘着古老的中华民族在实现全面小康和建成现代化强国的过程中所面临的新机遇、新挑战，谱写着中国走向世界、步入太阳系舞台中央并参与宇宙演化的新篇章。

科幻文学的发展折射着中国国运的巨大变迁。当今，海内外不同领域的人们对中国的科幻文学的空前关注，实际上是关注中国的未来，关注世界第二大经济体将如何持续演进，关注14亿人的创造力将怎样影响乃至重塑这个星球。从现实意义上来说，这套书系不但包含这些丰厚的信息，而且集中梳理了新中国科幻文学取得的辉煌成就，整理出新中国科幻文学发展的宽阔脉络；从一个特殊的侧面，还反映了中华民族从站起来、富起来到强起来的进程，见证中国走向更加灿烂辉煌的未来。

这套书系具有以下三个特点：

一是权威性。它由中国科普作家协会科幻专业委员会主持编选，并与国内多个科幻组织合作，其中包括得到了中国科普作家协会科学文艺专业委员会、科幻世界杂志社、南方科技大学科学与人类想象力研究中心、未来事务管理局、八光分文化、重庆钓鱼城科幻中心等的鼎力相助。编者从中华人民共和国成立以来的海量科幻文学作品中，精选出足以体现时代特征的作品。收入书系的作者，涵盖了雨果奖、银河奖、星云奖、晨星奖、光年奖、未来科幻大师奖、引力奖、水滴奖、冷湖奖、原石奖、坐标奖、星空奖等中外各类科幻大奖的获得者。

二是系统性。它收集了中华人民共和国成立以来不同时期作家的代表作。作者中有新中国科幻奠基者和老一代作家如郑文光、童恩正、萧建亨、刘兴诗、潘家铮、金涛、程嘉梓、张静等，也有改革开放后崛起的新生代作家刘慈欣、王晋康、何夕、韩松、星河、杨鹏、杨平、刘维佳、赵海虹、凌晨、潘海天、万象峰年等，以及以"80后"为主体的更新代作家陈楸帆、飞氘、江波、迟卉、宝树、张冉、程婧波、罗隆翔、七月、长铗、梁清散、拉拉、陈茜等，还有在21世纪崛起的全新代作家杨晚晴、刘洋、双翅目、石黑曜、王诺诺、孙望路、滕野、阿缺、顾适等，从而构成比较完整而连续的新中国科幻光谱，是对中国科幻文学发展历史的一次系统检阅。

三是丰富性。它比较全面地展现了广域时空中新中国的科幻生态和创作风格。这里面既有科普型的，也有偏重文学意象的；既有以自然科学为主体的核心科幻，也有侧重社会现象的"软"科幻；既有代表科幻未来主义的，也有反映科幻现实主义的；既有传统风格的写法，也有实验性质的探索。作品的主题涵盖了中国科技、社会、文化和民生的热点。从中可以看到，一个曾经积弱的民族，如今正活跃在地球内外、大洋上下、宇宙太空、虚拟世界、纳米单元、时间航线、大脑意识等各个空间。这里有中国政府和人民引领抗击全球灾难的描述，有脱贫的中国农民以新姿态迈出太阳系的故事，也有星际飞船和机器人在银河系中奏唱国际歌的传奇。

这套书系力求构建起一个灿烂的星空，并以此映射人们敏感而多样的心灵。爱因斯坦说，想象力比知识更重要。科幻是相伴人类发展进步而产生的新兴事物，是一个民族想象力的集中反映，是科技创新的艺术表达，在人们面前呈现出一幅幅奔向明天、憧憬和创建未来的美好画卷。许许多多杰出的科学家、工程师和企业家，在年轻时就受到科幻文学的熏陶和影响，因此走上了创造神奇新世界的道路。中国正在稳步建设创新型国家，需要更多富有创造力的人才脱颖而出。科幻文学也肩负着实现中国梦的责任，在点燃青少年科学梦想、激发民族想象力和创造力方面，起着不可或缺的作用。

这套书系将为广大读者尤其是年轻人打开中国科幻和未来世界的门户，有助于人们拓宽视野、开阔思想、激发灵感、探索未知、明达见识。它也将进一步促进中外科幻、科技、文化和文明的交流，为人类的共同发展做出中国的一份独特贡献。

中国科普作家协会科幻专业委员会

2020年10月1日

万物皆有灵

很高兴能参与《中国科幻文学群星榜》丛书榜。经过对以往作品的梳理，我发现我有很多关于动物的科幻小说，因此结集，并以获得过银河奖的短篇小说《猫》为选集名称。

动物小说，近些年通过沈石溪等作家的优秀读物为大众所熟悉，其实并不是新题材，早在1898年加拿大作家欧内斯特·汤普森·西顿就发表了《我所知道的野生动物》。动物小说的主人公是动物，讲述它们的喜怒悲欢，它们和人的关系，反映的是人类对大自然的观察和探寻。

动物科幻小说这个类别，同样是以动物为故事主角，通过它们的命运，反映人类和大自然的关系。小说中的动物既有巨型猩猩，也有微小的病菌，各种门类的都有。有趣的是，恐龙出镜率是最高的。叶永烈的《世界最高峰上的奇迹》讲到被松脂裹住的恐龙蛋中的胚胎竟然还有活性，科学家于是千方百计将蛋孵化，孵出了活的恐龙。美国作家迈克尔·克莱顿的《侏罗纪公园》也讲人类复活了恐龙，却被恐龙反噬。这大概是因为恐龙是最具传奇色彩和科幻因子的动物吧。

动物科幻小说以科幻的手法，想象动物和人类之间的新关系，从而探讨人与自然的未来。它可能包含非常复杂的科学因素，也可能就是对自然现象的平常叙述，例如美国作家特利·比松的《熊发现了火》讲述的是一群熊没有冬眠，却围坐在篝火旁取暖。

我的动物科幻小说，早期并非特定为动物，而是在创作过程中，对一些现象选取了动物来表现。比如《猫》，通过猫的遭遇描写孤独和友谊，猫已经具有了人格。

后来，随着我对动物的了解加深，我开始思考"人类中心"，这是基于我们生存本能无可厚非的行为准则，但它也给予了我们自大、狂妄、贪婪的习性，与自然对立、向自然索取。在许多科幻作品中，人与自然的矛盾不可调和，是毁灭与报复，是破坏和反抗。人要驯服大自然，大自然就回馈以各种灾害。这种未来，令观者不寒而栗。

因此我就有了《环太平洋战记》这个系列，想写一个人与自然融洽相处的科幻故事，追溯我们老祖宗所提倡的"天人合一""顺其自然"的行为方式，人与自然关系和睦，各取所需，彼此尊重。但由于种种原因，这个系列目前还只有寥寥6篇，只写了海洋生物的反抗和它们对人类伸出橄榄枝，更多的想法还没有实现。

海洋中至少有20万种生物，浮游生物、游泳生物和底栖生物构成了复杂的生态系统，这些生物身上的标签，很长一段时间是"可食用""可观赏"。而现在，随着科学研究的深入，海洋生物和陆地生物一样，还要加一个标签"有智慧"。章鱼有惊人的拟态本领，座头鲸会用气泡织网捕鱼，海豚能主动救援溺水的人类……动物不仅仅有遗传的生存本能，更会适应环境，创造出新的生活方式。所以我丝毫不怀疑，能够学会使用抽水马桶、开冰箱和看电视的家猫经过几代驯化并巩固这些技能，那也许会进化为猫人的。

在《环太平洋战记》中，人类为了争夺生存资源而展开了一场世纪大战，但与以往的战争不同，这场战争没有硝烟，甚至没有人类的直接对抗，有的是生物战、基因战、气候战……海洋、海洋生物以及整个大自然，都成为人类战争的武器。出乎人类意料，大自然也加入了战争之中，各种生物不再沉默，它们中的一部分团结齐心，由智力进化程度较好的海豚、章鱼率领，开始了对人类的反攻。

于是，人类中的战斗者不仅要面临强劲的对手，还要与诡异的智力动物斗争。战争不再是两方阵营，动物中有被人控制的忠实者，人类中也有坚持动物保护的组织，结盟、背叛、盟誓、尔虞我诈，阴谋天天都在上演，胜利者与失败者的位置转瞬就会互换。战争的目的，战场的位置，越来越纷乱和混乱。

这个有意思的系列，以后，我会陆续写出来，直到完全清晰地表明我对动物和自然界的思考。

《白蛇》则是故事新编，与这本选集中的其他故事没有相同的出发点。它是我用"吴文潜"这个笔名发表的唯一小说，是一次将科幻、奇幻和中国戏剧形式相结合的文学尝试，它很有趣。这也是我的一个创作动因，写作总是要快乐的，令自己痛苦也令读者难受的文字，干吗要写它呢？！

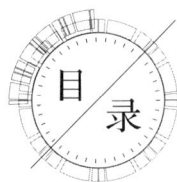

目 / 录

Catalogue

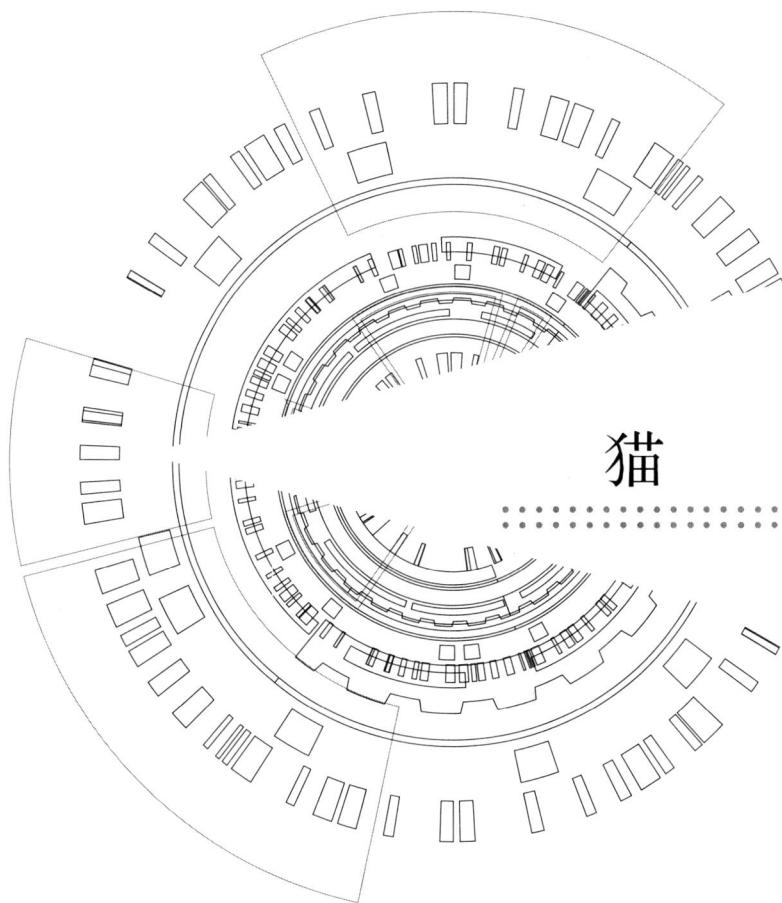

猫

1

猫是黑色的，四个脚爪雪白。

当时猫正站在一幢曾经是医院的酒店大楼屋顶平台上，任由风呼呼吹动它的尾巴。平坦的天空笼罩于它头顶，拥挤的城市展现在它脚下。天色已亮，星星们正逐渐退散，城市的灯火也在暗淡下去。猫听见汽车喇叭刺耳的声音，在清晨稀薄的空气里这声音格外尖利。

昨夜猫才在地下仓库中睡醒，醒来发现它处于1998年的时间中。这使猫惊惧不安，因为它清楚地记得自己到这地方来的日子，那天是1988年的9月20日。它竟然一睡就睡了十年！猫说什么也不敢相信，一觉睡十年既不合逻辑也不合常理。但它确实有在十年前生活过的感觉，对于这个城市和这片辽阔深邃的天空，对于脚下的大楼，猫都很熟悉，熟悉得能够区分出景物和季节的更改。

猫从地下仓库摇摇晃晃地跑到楼顶，一路都在恍恍惚惚地思考。它记得卤煮小肠的美味，它还知道地下阴沟里生活着极肥大味美的老鼠。可它不记得城市在夜晚有现在这么明亮这么热闹。它也不记得自己为什么跑到仓库里睡觉。猫倒是回忆起在屋顶和墙头散步，呼吸月光，追逐星星的自由自在的日子。但那是在过去的过去。

过去的过去，这让猫糊涂。它希望问题简单化，答案明确，就像吃饱了肚子不会饿那么容易理解。过去怎么还会有过去？猫坐下来洗脸。这是种复杂的、让情绪冷静的工作：舔净前爪，用前爪使劲擦脸，然后再舔再擦。洗完脸后得继续舔净身上其他部位的毛。全世界的猫都是这样做的，用同样的姿态和同样的节拍。

我为什么非得是只猫？这个想法可着实吓住了它。醒来后，还不曾有过如此极端和叛逆的思想，居然对自己的属性产生怀疑和不满。可我真的是只猫吗？

猫惶惶不安，踱到平台的防护铁丝网边。天色已明朗，太阳红艳艳的，远方一层薄云，弧形的地平线上点缀着几座青色山峦。

世界倒像真实存在着的。

我当然是猫。我有灵敏的听觉和嗅觉，尖利的牙齿和爪子。我会跳跃、翻跟斗、抓老鼠。我哪里不像一只猫呢？

有一觉睡了十年的猫吗？有会坐电梯的猫吗？有听得懂人类语言，看得懂他们文字的猫吗？你清楚这不是猫的行为，这不同寻常。

猫惊慌地跳离原地。周围并没有同类，怎么会用第二人称对自己说话，我疯了。它焦虑地在防护网前徘徊。猫觉察到在自己意识深处，还有另一个意识纠缠着，让它不时产生些怪念头。它还不能明确那究竟是什么，但回忆出现了断裂，思维有了偏差。猫的心情沮丧，脚步沉重，连自己是不是猫都弄不清楚，存在又有什么意义？寻找过去又有什么意义？

平台上陆续出现早起锻炼的人。猫扫视他们，目光忧郁。他们看来是不会为存在头痛的。"谁家养的猫哇，嘿，还四蹄踏雪呢。"有人走近它，猫警惕地后退几步，弓起背唬唬威胁，那人悻悻地离开，"什么嘛，也不知主人怎么调教的，好没礼貌的一只猫。"

"主人！主人！对呀！我该有主人的。是主人把我从街上带到楼里，是主人让我留在库房等他。我和主人有着再见面的约定，在等他的日子中，我睡着了，一睡就睡了十年。"

"那回到库房继续等待吧。"另一个意识说，"这是责任，也是约定。"

"好，我回去。"猫对盯着它的人呲牙。主人两个字把所有的疑问都解决了。猫内心暂时安定下来，对自己的属性也不再怀疑。本来嘛，除了猫自己还能是什么呢？

现在的问题是主人在哪里？十年，十年了主人都不曾赴约。刚才经过走廊时看到的斑渍一下子鲜明了，猫倏地一惊，那些浅褐的斑渍不会是血迹吧？主人是不是出了什么意外？或者，是忘记了它？猫更愿意相信后一种设想。那么，去找主人好了。为了补上过去，为了重新开始中断十年的生活。

2

于是猫开始在城市里流浪，用心捕捉着主人的踪影。猫记不清主人的模样，也记不起主人的声音。但它肯定自己能从无数男男女女、老老少少中辨认出主人，肯定能将主人的气息与所有人的分开。主人的气息，一定特别温暖舒适，猫断定。

　　猫发现在酒店楼顶看见的城市委实大得可怕。城市和十年前已大不相同，是一种精神面貌上的差异，使它很不适应。猫趁着夜色搜寻每一个院子，每一幢楼房，每一家商店。整整一个月的忙碌，它才走遍了三条街。而城市有几千条大大小小的街道，有几十万个院子，几十万幢楼房，几百万居民。

　　这样能找到毁约的主人吗？能找到丢弃它，要它用十年时间去等待的主人吗？猫不止一次问自己。这样耗费精力找下去，值得吗？如果真的是遭到了遗弃，再去找他，不是有点儿死皮赖脸吗？

　　这时猫便想到第一种可能。主人遇到了意外的事，因而无法来找它，带它离开。可是主人会遇到什么意外呢？猫不敢多想，也许主人去了遥远的地方，早已不在这座城市里了。

　　"搜寻到底有没有意义？"猫的第二意识常常质问它。猫被问得透不过气来。"那么你说什么有意义？我总不能是街上的野猫吧？你就是野猫，在墙头和屋顶自由奔跑，呼吸晨雾，追逐月光，不受拘束的一只野猫。"这声音在猫的脑海里回荡，竟久久无法消散。

　　猫起初还能压迫矛盾的心情，继续它的追寻：白昼露宿屋顶或墙脚，夜晚接近人类。城市的空气混沌污浊，它必须加倍细心地分辨，以期能找出主人的一点点蛛丝马迹。

　　夏天很快结束，秋天来了，城市流行感冒和给古诗谱曲。猫常听到的一首曲子叫《越人歌》，里面有两句词"山有木兮木有枝，心悦君兮君不知"特别对猫的心。猫每次听到都要把整首歌听完，一边听一边为主人不知自己寻找他的艰难而伤感。

猫适应了1998年的城市生活。它渐渐熟悉厨房的油烟，熟悉男人女人无聊的争吵，熟悉小孩撒娇和撒泼的不同，熟悉老人历经沧桑的无奈和中年人负担沉重的愤恨。整个人类像缤纷的万花筒，让猫眼晕。猫也认识了好些同类：娇贵的、慵懒的、淘气的、无知的。它们从未见过老鼠，悠闲地生活在人类的客厅中，一律干干净净、肥肥胖胖。同类们对猫选择的生活道路不以为然。"随便找个什么人家收养你吧。别再费心找旧主人了。"它们劝猫。这样会有温暖的沙发、热气腾腾的食物。猫知道这样的确很好，它也不想流浪。但依偎在陌生人膝盖上打盹，总是很别扭的，除非是主人。找到主人便可以停下来歇息，便有了归宿。一想到这儿，猫的疲倦就一扫而光。

"但你能接受被人类豢养，做附属品和玩物的命运吗？"

"我能。"猫拼命在心底大声喊，反抗那另一个意识的嘲笑，但这反抗很是脆弱无力。它瞧不起家猫，本能地厌恶它们自高自大又奴颜婢膝的顺从品性。它有时竟会因此而恐惧，害怕自己真是它们中的一员。可它们是一个大群体，声气相通，它们不孤独。

猫越来越矛盾，家猫？主人？野猫？日子就在矛盾中过去。天气越来越冷，早晨的草丛上，已经撒上了白霜。猫现在需要很多时间寻找食物。老鼠、昆虫都不再容易逮到，猫有时不得不吞咽草根，去商店或居民家中找吃的十分冒险，动辄会遭毒打甚至有生命危险。人的自我保护意识有时真过了头。猫不相信吃掉一两块肉就会给人带来毁灭性的灾难。人在这方面未免太小气，小气得有点神经质。猫对人是一天比一天更没好感了，只有主人除外。

城市下了第一场雪，猫差点冻僵。它找到一座古老的钟楼栖身，很少外出。猫常常蜷成一团，躲在楼角的杂物中。这时它倒希望再来个十年大梦，好忘记寒冷的空气和刺骨的北风，但偏偏睡不踏实，一点轻微的声音就能把它惊醒。过去，过去的过去，不知下落的主人，搅得它难以入眠。

3

这一天猫好不容易才合上眼，十几个人就吵吵闹闹上了钟楼，把猫的困意吵没了。他们推动沉重的木槌，敲击那口有上百年历史的巨大青铜钟。悠扬的钟声里他们互相拥抱，兴奋地喊着"新年快乐"。

"新年快乐。"猫对自己说。猫的眼眶不知不觉潮湿，泪水慢慢流下脸颊。在钟楼最深最黑的角落里，所有关于主人的信念猝然瓦解，它感到前所未有的清冷和孤寂。

"新年快乐。"那另样的声音在猫的意识里清晰地说，"你还要寻找主人吗？"

"我真的是野猫？"

"当然。你从未在人类的家庭中生活。你不需要主人，你有自己独立的个性，从不依赖谁。"

"你呀你的，好像你和我不是同一只猫似的。"

"你是猫，而我不是。"

猫抬起爪子擦拭脸上的泪水，竭力不问你是谁。这种问题很愚蠢，聪明的猫不会纵容自己有精神分裂倾向。

"瞎扯。"另类声音洞察它的心思。"你要是真聪明就该记得外星人的事。"

外星人，这多少有点滑稽。猫不该懂得外星人这个概念，但是我懂。我知道现在生活的世界是颗叫地球的星星，天上还有许许多多的星星，每颗星星都是一个独立的世界。有些世界很像地球，也有植物、动物和人。

"外星人跟地球人长得差不多。他们说宇宙的进化法则有相似性。对了，我见过外星人。这些都是他们告诉我的。我能和他们交谈，通过意识。但你怎么会知道？"猫质问。

另一个意识忧伤地笑了。"我就是那外星人中的一个，是让你进飞船的071号。"

"不可能！你怎会在我的身体里？"

"只是我的意识在你的脑子里。别紧张，我不会伤害你。"

猫放下爪子。这我不能理解。

"精神有时是可以脱离肉体单独存在的。这十年来我一直裹在你的意识里昏睡。现在我终于和你清清楚楚地分开了。"

纠缠的感觉顿然消失。有一股意识从猫的思想里分离，独立清晰而坚强有力，不再模糊难辨。猫可以和这股意识对话，却不能支配或探测。猫顿觉轻松，神清气爽，脑子里的混沌状态结束了。过去，过去的过去，全部连贯起来，和现在之间再没有那十年的睡眠阻隔。但猫还需要确定。

"约定是怎么回事？"

"我和094约好在库房碰头。你还记得094吗？拦着不让你碰我们采集的标本的那个。"

"是，我记得。原来约定和我并没有关系。"

猫忽然跳到钟架上。在它脚下的大钟早已沉寂。兴奋的人群也已离去。淡淡的晨曦从木雕花窗外投射在钟上。

我没有主人。我是一只野猫。根本就不会有谁为我伤感，给我一个归宿。

失望从脚底板开始迅速流遍猫的全身。这就是半年辛苦的结果。很好，我不是那些笨蛋家猫中的一个。我是独立有个性的。这很好。

眼眶又一次潮湿，猫闭上眼。新年的阳光照在它身上，阳光是温暖的，但无法驱散它内心的悲凉。

"什么也别再想了，猫。"071温和地抚慰它，"我和你在一起。"

4

漫长的走廊，血迹，渐近的杂沓脚步声。强烈的憎恶气氛从走廊尽头涌过来。

猫立刻醒了，血腥的味道还在它喉咙里。自从071的意识觉悟，它就开始做这种梦。

"我受不了，071，那梦太真实、太恐怖了。"猫抱怨。

"因为那是你亲眼所见。你记起来了吗？"

"我当时在场？在那个酒店。噢，十年前是医院的地方？"

"是。你一直悄悄跟着我们，我曾想让你回去，那医院里充满危险，但你不愿意。"

"我要帮助朋友。"猫记起所有的事情。当它第一次看见银白色飞船降落在废弃的建筑工地上时，它非常兴奋。猫的本性多疑，但它却从外星人清澈的眸子里看到坦诚。于是这些不同于人类的异族向它伸出手时，它扑跳着立刻就接受了他们。它厌恶人类，瞧不起同类，它一直过着孤独的日子。它需要朋友，可以平等交流的朋友。

"我和094穿越了200个光年才到达地球。我们原先并不知道地球的存在，我们只是奉命考察银河系的边缘。"071回忆。"旅行本来很顺利，我们还和另一个星系的探险飞船结成伙伴。从太空中看地球真是美极了，我们想在它的蓝色大地上散步。可进入地球大气层时却遭到导弹袭击，两艘飞船都不同程度受创，被迫降落。"

"人类神经过敏，他们的自我保护意识总过了头。"猫评价，"所以我从来都不喜欢他们。"

"这是个误会。我们没和地球人进行对话。一切都发生得太快了。"

"你能和地球人对话吗？"猫问。"我记得有个小姑娘也看见你们降落了。你们既无法用意识也无法用语言，两样她都不懂。"

"可是那个小姑娘对我们很好。她不把我们当异类，和其他地球人不同。其他地球人真是吓了我一跳，他们似乎想把我们制成标本展览。"

小姑娘的形象出现在猫的脑海里，大而明亮的眼睛，善良的笑容，暖洋洋的气息。"她的确对你们很好，还帮你们找地方埋藏飞船。"猫说。

"你全都记起来了，可真好。我还怕我的存在会损伤你的记忆呢。"

"我怎么能忘掉。我一直和你们在一起，躲避地球人的追捕，寻找友人的飞船，你和094的每一天都紧张得让我心惊胆战。"

071黯然。那绝不是什么愉快的回忆。地球人扣留了另一艘飞船的友人。消息传来，他们必须闯入一家医院去营救。仔细研究了医院的构造，他们趁着夜色出发。小女孩依依不舍，他们答应一定回来看她。她居然懂了，她的眼睛、她的神情都在表明她把这个承诺牢记于心。

他们从医院的顶层开始寻找，很快就与地球人相遇。他和094刚刚约好在库房碰头，战斗就开始了。

"这就是我讨厌医院的原因。医院里已经设下陷阱，可你们非要去那里。"猫喟叹。

"没有办法，我们必须找到友人。宇宙旅行中最重要的原则就是互相帮助。094和我都有用意识控制物体的能力，可以对付地球人的过激行为。"

"他掩护你。"猫继续回忆。"你一个病房一个病房找。我跟着你，我们一起坐电梯。他们封锁了电梯出口。我们就爬通风管道，完全由直觉指引着，我们终于找到了你的友人，可那只是他支离破碎的身体。"

"我差点儿发疯，急忙折回头想救094。我已经失去了一个友人，我不能再失去第二个。我控制不住情绪，连连击伤阻挡我的地球人。"

血溅在走廊的墙壁上，留下永远触目惊心的痕迹。猫的脑海中重现出那场面。害怕极了的地球人开启预先布置的高能磁场网，迎向他们的094刹那间灰飞烟灭。

"我还没来得及在磁场边停住，强烈的磁干扰已破坏了我的意念力。094的毁灭给我带来巨大的愤怒、伤痛和惊惧。我的全部意识竟和肉体脱离，进入你的大脑里。"

"这样一切都弄明白了，"猫点头。"只有猫能从警戒森严的捕捉外星人现场逃脱。我带着你跌跌撞撞奔向库房，这是你的本能，你还惦记着和094的约定。强磁场看来对我也有作用，是极度的刺激吧？到库房我便倒下了，昏睡十年。"

"而我的同伴死了，他的音容笑貌俱已在时空的流转中消逝。"071的意识浸满沉重的哀伤。

猫意识到自己的多嘴。它中断回忆。

071也沉默不语。猫感受到他轻轻起伏的悲伤和凄凉。

"什么也别再想了，"猫轻轻，轻轻地呼唤他，"我还和你在一起，我是你的朋友。"

5

冬天就在回忆、感伤和互相安慰中过去。猫和071之间的友谊平静发展着。天气暖和后，猫离开了钟楼。没有了寻找主人的精神负担，猫的生活变得很懒散。它常常找僻静通风的地方睡上十一二个小时，饿得实在不行了才去捕食。

071静静蛰居于猫的大脑某处，思考着未来和过去。猫没有询问或打扰他，猫害怕071找到办法的那一天，那一天必将是他们分手的日子。

但是这一天总会到的。猫知道，它恐怕不能再过十年前孤独的日子，没有朋友的日子。"我将守护你，071。"每当星际旅行者的脸浮现在猫的脑海中，猫便会在心底重复这誓言："071，我将守护在你身旁，珍惜我们在一起的每分每秒，我要尽力为你做能做的事。"

071还需要恢复。医院一幕虽然隔了十年，仍让他心悸，他不敢想却又不能不想。他不知道该用什么样的态度来对待地球人。他想恨，但那个小女孩的形象温暖祥和，与仇恨无关。他想谅解地球人，但失去伙伴的痛苦依然煎熬着他。

和猫谈论地球人，071显得无所适从。猫想方设法转移他的注意力，它把熟悉了的城市介绍给071，也许城市的五花八门、缤纷多彩可以让071暂时忘掉他的难题。1999年的城市弥漫着世纪末的感伤情绪，虽然报纸广播电视热情洋溢地宣传新世纪的美好计划，但消极颓废的诗歌以及五岛勉关于诺查丹玛斯大预言的解释却到处流传。"外星人七月的拯救"这类话更是一些人的口头禅。

"简直白日做梦。"猫嘲笑，"我从不相信外星人会充当救世主。当然，071，我并不是怀疑你的能力。"

"我的能力有限。否则，我也不会……人类为什么把希望寄托在外星人身上？"

他们是种脆弱的生物，外强中干而已。猫毫不掩饰自己对人类的鄙视。

城市的惶恐不安多少叫071惊奇，联想起十年前袭击他的地球人的紧张、戒备，对地球人他渐渐有了一种新的交织着怜悯、憎恶、遗憾的感情。

临近清明，071彻底复原。他精神饱满，意念力增强，连带着猫的体力也增强了。猫走起路来轻快敏捷，捕食也更容易了。因为071在自己身体里的缘故，猫加倍爱惜自己，它学会搭乘地铁或公共汽车来节省体力。

071决定找到飞船将其修复好后离开地球回家。他可以把精神的自己储存在飞船的记忆系统里。但是他必须先找到那个有大大黑眼睛的小姑娘。飞船上所有的信息浓缩制成了一枚小小的坠子，构成那坠子的每一毫微米（纳米）金属，都是他和094漫长旅途的心血结晶。没有它，他无法修理和启动飞船。坠子在去医院前交给了那个小女孩。

"你必须帮我找到她。我相信她会把那坠子保存得很好。"071对猫说。

"我也相信。那还耽搁什么呢？"猫毫不犹豫，"我们去找她。"

6

猫又上路了，这一次很轻松。071研究过城市的布局。尽管过了十年，主要的街道和重要建筑还在原来的位置上。猫没用多长日子就回到当年生活的那个地区。

但那一带已变成繁华的卫星城，商业区、居民区和小公园交错分布。猫怎么也找不到那个废弃的建筑工地以及工地附近小姑娘住的大杂院。

猫有时着急，有时又巴不得如此。和071相处的每一天都是美好的时光。071是它十年前生活的一部分，唯有他还熟悉十年前的它。071丰富的宇宙探险经历，不断启发着猫的智慧，促进猫知性和感性的提高。这样一个朋友，猫怎舍得放弃？

071催促猫赶快行动。他并非不了解猫的感情，但这不能动摇他返回的决心。他必须把探险结束，这是使命。每当夜晚通过猫的眼睛凝视浩瀚的星空，071就会不自觉地产生归属感和责任感，这感觉如此强烈，像火一样炙烤着他的灵魂。

大概是071强烈的决心起了作用，五月的一天，猫忽然感到了什么。猫察觉出空气中有种特别的很久以前它熟悉的味道。这一天晴朗、干爽，阳光清亮，空气仿佛是透明干净的水，让猫精神振奋。

猫来到一个居民大院里。院子里所有的楼房都极其相似，到处是开花的槐树，白色的槐花香气馥郁。猫往花香深处走，它追寻的气味就夹杂在这花香中，是一种淡雅柔和，散发着温暖的味道，一种它很久以前就熟悉的味道。这难道就是那个小女孩的气息吗？猫抑制不住激动的心情，小跑起来，犹如踏风而行。

气息越来越浓，是这大院最偏僻的地方，一个开满鲜花的地方。花树伸出阳台外小院的铁栏杆，枝枝蔓蔓一直垂到地上。花一簇簇、一丛丛绽放着，深深浅浅的红色覆盖了嫩绿的叶片：深红灿烂，浅红娇艳。

猫从栏杆间钻进院子。它很累，便躺下来静静地歇息。

阳台门开了，"小心些。"有人叮嘱。猫听见《越人歌》的旋律。这首歌依旧让它伤感。如果找到那位小姑娘，071就将离开它了。不管它怎样喜欢，怎样需要他，他都将走了。想到这儿，猫内心酸酸的很是难过。

一位年轻的女郎慢慢走到屋外。她穿白色连衣裙，清爽干净。猫站起来想找个角落隐藏，却发现那女郎是个盲人。

猫闻到把它引到这儿的味道，正是瞎女郎身上的气息：淡雅柔和而温暖。

"她就是那个小女孩吗？"猫问071，"是那个有着大大的乌黑眼睛的小女孩吗？"

"等一等，我需要时间判定。"071的意识颤抖着。

女郎走到阳光下。"你们好吗？"她问花儿，"我又在床上躺了一个星期。我不会去住院的，我要等他们，他们说过来看我。"她轻轻抚摸花朵，"春天真好，是不是？"笑容在她苍白消瘦的脸上荡漾。

猫悄悄走近几步，想把女郎看得更清楚。

"谁？谁在那里？"女郎大声问。风拂动花树，远远的有鸟叫。

"是你吗？"呆了一呆，她叫，"是你！你到底来看我了！"

"晓菲，你在外面叫什么？"窗户里闪过花白的头发。"妈，谁在院子里？"女郎的声音微微发颤。"没有人。""我听见动静来着。妈，一定有人。""只有一只猫。"

"猫？"晓菲喃喃低念："猫，猫。"她弯下腰，"猫咪，你在哪儿？"

猫过去蹭着她的衣裙。晓菲伸手抚摸它。猫没有拒绝，一任晓菲抚遍它的头。晓菲的手柔软纤细。猫闭上眼，让她手心的温暖流遍全身。

"妈，猫是什么颜色的？长得好看吗？"晓菲低头，空洞的眼睛望着猫。她的长发垂落在猫身上，猫看见她衣领里银色的链子，链子吊着个小小的水滴形坠子，坠子镂刻着奇异复杂的绞花。

坠子！那坠子！是她！就是她。071惊呼。她长大了。但是她怎么会瞎？猫回答不出，它浑身哆嗦。071的情绪瞬间传遍它的神经，它感到犹如触电般的麻木和刺痛。

"是只黑猫，爪子白色的。""黑色的猫，"晓菲喃喃自语，"我见过一只黑色的猫，和他们一起走了。"猫依偎在她怀里，低低呜咽。"猫咪，你是不是那只猫呢？你告诉我，他们会不会回来？"晓菲咬住下唇。她抱紧猫，抽泣。刻满奇异绞花的坠子打在猫的脸上。

这个女孩一直在等你们。071，你看见了。

"我想触摸她。"071十分哀伤，"我想告诉她我回来看她了。但我没有实体，我碰不到她。"

"也碰不到那个坠子了吧？"猫冷笑得有些恶毒。它立刻后悔了，它怎么可以说这些话？守护071的诺言还在耳边，它应该为朋友将要实现愿望高兴才对啊！

可是猫无法喜悦。因为……因为与他分手的日子终于要到了。

7

猫在晓菲的院子里住下。失明的晓菲常常到院子里散步。猫躺在葡萄架下，听她和花鸟喃喃对话，看她坐在阳光里宁静恬适的姿态。花枝摇曳，花瓣飘落，猫简直就是在一幅工笔仕女图中。晓菲的纤弱和春天的活泼生机形成鲜明的对比，给猫留下深刻的印象。猫把晓菲从人类中分离开来，晓菲的纯净天真犹如凌晨初绽的一朵玫瑰，猫无法不喜欢她。

这并不能改变我对人类的看法，猫坚持。071顾不上和它探讨人类的问题，他每天都尝试用意念呼唤晓菲，但晓菲依旧像十年前一样听不到。071

为此而焦急。"当她抚摸你的时候,你因她的抚爱而欣悦。"他对猫说,"你没注意到她的脸色越来越不好?她怎么会瞎?我记得她那双眼睛,黑亮亮的,漂亮极了。"

"我当然看见了。晓菲一定有病,她经常大把大把地吃药,晚上疼得在床上打滚。这些我都在她家的玻璃窗外看见了。而你却忙着使用意识,封闭了对外界的感知。"

"代我多看她几眼。"071请求,"等我的意识可以和她的接触,我或许能帮她抵抗疾病。"

猫很想知道晓菲得的是什么病,但晓菲的家人从不谈论她的病情。每隔一周,就有专车把晓菲接走,过两三天才送回来。

"知道这是为什么吗?猫咪,"晓菲和猫熟了,终于提起这件事,"他们定期给我检查身体。因为,嘿,你相不相信?我是唯一见过外星人的人。我见过。我还上过外星人的飞船。他们说就是飞船的辐射使我失明,还得了癌症。"

猫的心直往下沉,沉入深渊。它听到071痛苦而充满内疚的呻吟,它的心被这呻吟绞得支离破碎。

"他们说不会再有地球人受伤。十年来,他们已经找到了对付这一类外星人的方法。猫咪,这很可笑是吧?他们把外星人全都杀死了,你知道吗?杀死了,然后拿来解剖。我知道,我一直想去看071。只有他的身体被完整地保存着,可他们不让我碰他。我知道他死了,我只是想摸摸他的脸,哪怕碰一碰也好。我看不见啊!"

失去光泽的瞳孔中泪珠盈盈。晓菲啜泣。

猫的四肢因071的悲愤而抽搐。它不得不走开以平静情绪。

"你的身体还在，或许你可以恢复本来面目。"猫叫，"071，这真是太好了。"

071没有回答。

8

我从不知道和地球人交往会带给他们这么大的伤害，071的意识不断自责。但是你的同伴也死了呀。猫的看法不同。可晓菲不该受这个罪。她是那么善良。就算异族之间交往非要付出代价，我和我的伙伴也已经付出了。

这完全不同啊，猫有点生气。071每时每刻都在想着晓菲的病，想着晓菲。她曾帮助过他，她守着诺言保存那坠子。她的眼睛被飞船泄漏的辐射光刺伤，她为此失明，为此身患绝症，但她却没有一点抱怨，她只想抚摸他的脸。071为晓菲的遭遇痛心，更被晓菲的情感触动。

"你不再说回家的事。"猫提醒，"071，你的决心呢？我们现在可以去找你的身体，我能从晓菲脖子上把坠子咬下来，那小姑娘不会防备我。然后我们去找飞船。"

071不回答。猫烦躁起来。这是个深夜，月圆如镜。月光里的花沸沸扬扬盛开着。猫跳上窗台，窗户里一片漆黑。猫听见晓菲在床上辗转反侧。

猫也不再说话，静静地坐在窗台上，看月色似水，任花香沐浴。

"仿佛又过了十年那么漫长的时间。能活着是件很好的事，"071的意识悠悠叹惜。"不管什么样的状态，我到底还活着。"

猫不大懂他的意思，朦朦胧胧地睡着了。

9

光。灯光。晓菲按动开关。猫从空中看着她。猫大吃一惊，随即意识到这只是种感觉，是071的意念力在跟踪晓菲，而它的意识跟踪着071，自己的肉体还蜷缩在窗台上打盹。

晓菲走进卫生间，洗脸、梳头，对着镜子照了又照。镜子里她的脸消瘦清秀，但她看不见。071和猫在半空里看着她。她拿起牙刷，挤牙膏。忽然地，她的头重重碰在镜子边缘，手挥动着似乎想抓住什么东西，牙刷挑断坠子的挂链。她以一种无比优美的姿态倒向地板，血从她身体中渗漏出来。

"晓菲！"猫和071同时惊呼。

猫腾地跳起。屋子里灯火通明，人们走动着，叫嚷着。

忽然一切声音都消失了，屋子里传出临近死亡的气息。猫坐卧不安，抠抓纱窗。"这样不行，"071叫。猫跳下窗台，阳台门紧关着。猫绕过院子跑进楼房，晓菲家的大门虚掩，不时有人出来张望。猫趁人不注意时溜进屋。晓菲的房间里挤满了人，猫不能靠近。于是猫来到卫生间，洁白的瓷砖上血迹鲜红，触目惊心。猫四处张望，终于找到滑入浴缸底的坠子。咬着链子，链子尽头坠子在晃动，猫感到十分欣慰。

"071，我拿到坠子了。嘿，你不高兴吗？"

救护车刺耳的声音，刹车的尖利声音，脚步急促的声音。

猫在纷乱的声音中感觉不到071的信息。071，071！

"带我去那个医院，快！猫！你有办法上救护车。"

"好吧。如果你觉得这样对晓菲有帮助。"

10

护士搀扶着晓菲的母亲向外走，母亲频频回头，被各种急救设备包围的女儿怎么也看不见脸。母亲掩面而去，泪水在她手指间淌落。

病房中不再有人了，猫才从角落里出来，走近晓菲。

晓菲平静的脸上，没有一点生命的迹象。监视仪的液晶屏幕缓缓显示着她的存在，那是两条亮线，起伏越来越慢。

071的意识在凝聚。猫猜想他一定很不好受。它也不希望晓菲死，但有什么办法呢？归根结底，是人类的愚蠢冒失害了晓菲。如果当初他们不击伤071的飞船，就不会有辐射泄漏，晓菲也不会生病了。人类真是脆弱，我就没事。猫把一直咬着的坠子放下，坠子在水磨石地板上闪动奇异的晶光。

晶光。星光。浩瀚的宇宙无边无际，博大而深邃。071带着猫跋涉，他们的思维遨游太空。无数的星球从他们身旁掠过，每一个星球都有自己独特的生命形式。生命是最宝贵的，必须珍惜。橙黄、橘红、嫣紫，到处暖洋洋的。"那是我的家乡，猫，你看见了吗？""我看见了，071，那地方很美。"

猫鼻子酸酸的。"你要做什么？"猫问071。"我做什么都是为了晓菲。猫，把坠子搁在她额头上。""你要给她治疗是吧？"猫照办了，尽量让自己的动作轻柔些。

"把你的头挨着坠子。猫，真是谢谢了。我不能和你在一起了，你保重。"071的意识说。不待猫回答，那意识已猛然离它而去。不！你不能！猫想阻止他，但脑子里突地一震，像被大锤子狠砸了几下。猫站立不住，跌下病床。它挣扎着抬起头，坠子在晓菲额头闪光，橙黄、橘红、嫣紫，全是温暖的光芒。猫恍惚中看见071进入晓菲的身体，带着他温暖的思维之光，顷刻间这光便消失了。

"不！"猫的心灵狂呼。"不！071，不要把你积蓄的所有能量都送给她。求你了！求你回来，我们还要去找飞船呢！"

坠子掉了下来，"啪"地碎裂，灰色的粉末撒在猫身上。

猫感到自己也破碎了。

11

"这里怎会有一只死猫？""啊呀！真恶心，快把它扔了！扔出去！"

僵硬的猫被扔进垃圾桶，与一次性注射器、空药瓶、脏棉花混在一起。当猫被刺鼻的药水味呛醒时，它已经陷身垃圾的海洋。带着腐烂气息的稀薄空气几乎让猫窒息，它本能地挣扎着往外挤，这非常困难。垃圾都密实坚硬地压在了一起，准备运走。好些时候猫都觉得自己要完了，要死在垃圾的"坟墓"里了。空气越来越稀少，它喘不上气，而且感到寒冷。它身体里的血液正汨汨向外流淌，它的四肢正在丧失力量，它光滑的毛皮正在褪落，它逐渐走向死亡，走向071所去的地方。

但是那地方没有071，集聚的灵魂中没有见过任何一个外星人，猫惶恐。好歹071是比地球人先进到可以穿越上千万光年空间的外星人啊，怎么会连灵魂都没有了呢？他应该很有办法，他不是已经躲过一劫了吗？猫踉踉跄跄在黄泉尽头搜寻着，什么也没找到。它不甘心，它好不甘心！

猫使尽了一切气力挣扎，它决定活下去。071的意识或是灵魂究竟飘到哪里去了？晓菲被救活了吗？它得活下来解决这些疑问。这么死太糟糕，太冤枉，太没有意义了。意义？猫心中苦笑。它咬破一本阻挡自己站起来的破书，书的名字就叫《有意义的生活》。现在猫的周围有了块较大的空间。

12

猫回到医院时脚垫已磨出了血泡，一个大龅牙的男孩用弹弓打伤了它的左腿。猫是一瘸一拐跑进医院的，没有睡眠也没有吃东西，它跑得连气都喘不过来，它只想早一点见到071，早一点见到晓菲。

急救室内整洁而寂静，所有仪器都关闭了，铺着天蓝色床单的手术台丝毫没有使用过的痕迹。071的信息也不存在。猫茫然，它仔仔细细搜寻急救室的每个角落，没有071，哪儿也没有。它决定把搜索范围扩大到整个医院，这是疯狂的。它的爪子已经磨秃，它的眼皮沉重得仿佛挂了铅块，它每走一步都如同踩在钢丝上那样晃晃悠悠摇摆不定。但它不能停下，071一定在什么地方等着它。他正需要它，他比它更虚弱。

猫不知不觉向医院的地下室走去，说不上理由，就觉得该去。地下室防卫森严，完全出乎猫的意料，它一时心惊胆战。

果然071在这里！他躺在探针和监控器中间，看上去仍旧和活着一样，眼睛似乎随时都会张开。猫走近他，他一直在等它，等它带回意识，带回使他重新站起的力量。猫停住脚步，哀伤充满它的心灵，它什么也带不回来了，它为什么还要来呢？

一瞬间071的身体开始干枯，光滑的皮肤收缩、起皱、干裂。护士们尖叫。警报响了。医生从各个方向奔来，不同式样、颜色的鞋子在猫周围急速运动。猫呆呆站在原地。071马上被层叠的白色包围了。

忽然人群散开，每个人脸上都呈现出难以描述的恐惧。纷乱喧杂的房间只剩下过滤了的寂静。猫抬起头。

071正在空气中融化：皮肤、肌肉、内脏、骨骼……他的一切，就在那里以平静的姿态碎裂，几分钟后他便在空气中蒸发干净了。

猫转身逃跑了，直跑到医院外的草地上。正值黎明，草地柔软而芬芳。071死了，真真切切地从精神到肉体全都不复存在。猫一头倒在草丛里，不知道是泪水还是露水打湿了它的眼睛。

尾声

花树伸出小院的铁栏杆，枝枝蔓蔓一直垂到地上。花已不在。一簇簇、一丛丛绽放的，是深深浅浅的红色浆果，它们使苍绿的叶片黯然失色。

猫回到这个院子时已是深秋。1999年的深秋，秋高气爽，城市的天空蓝得清澈透明。七月的恐怖以及诺查丹玛斯已经被遗忘。人们兴高采烈，衣着艳丽，整个城市沉浸在新世纪将至的欣喜气氛之中。

这种气氛多少影响了猫，它不能不从失去071的悲痛里振作起来。伤感无法挽回071的生命，倒可能让它送命。比起夏天猫消瘦了许多。猫来看望晓菲，打算向她告别，也向过去告别。

晓菲家轻松的音乐，响起的笑声，证实晓菲已经恢复了健康。这种欢乐刺痛猫的心，让它想到071。猫只想见晓菲一面就走。但晓菲很忙，总有电话找她，她总也不在家。

终于有一天，猫看见晓菲。她的双眸璀璨如星，她的脸色白里透红。她盈盈浅笑，笑靥如花，站在她身边的年轻男子也在笑。他们在秋天的阳光里笑，他们在秋天的花树前笑，深深浅浅的红色映衬着他们的笑容。

晓菲没有注意到猫。

"很好。"猫咬牙切齿。"071，可惜你看不见现在的晓菲，看不见你用生命救活的晓菲。她明白是什么原因使她奇迹般地恢复了健康吗？不，她不会明白的，永远。她已经忘记我了，她也会忘记你，071。人类是容易健忘的。她也许仅仅当你是她黑暗岁月的一个梦境吧。"

"你值得吗？071！071！"猫在心底默默叫着，没有声音回应它。071已经彻底地死了，精神瓦解、肉体消散。猫很长时间都无法相信这一点。现在它相信了，它是孤独的，但它得好好活着。071说过，生命最宝贵，必须珍惜。怀着对071最深刻的记忆，猫将忍受寂寞坚强地活下去。

一辆运牛奶的小货车正在附近启动，猫跑过去纵身跳上车。

院子离它越来越远，晓菲离它越来越远。

过去也越来越远。

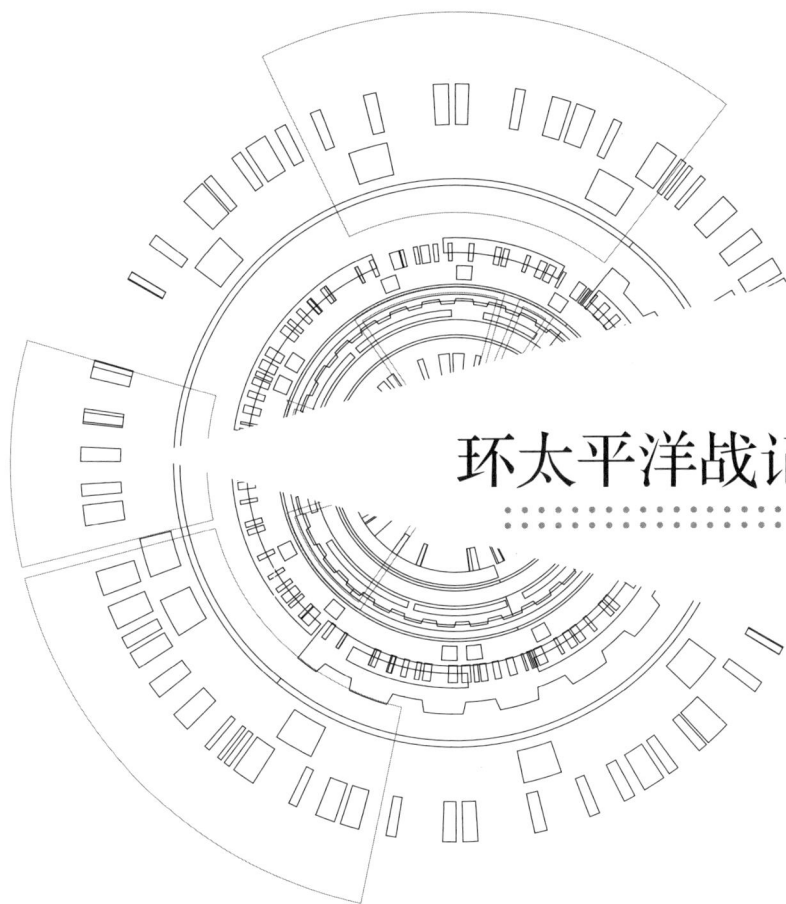

环太平洋战记

Up

灰斑海蛇：相遇

蠕动，冰冷的感觉荡漾在皮肤周围，是沙土和石块。一从丛堆砌在前方的，温度稍微高一些，随着水流飘动，那是怒放的海葵。停住，贴紧沙土，仿佛一枝倒伏在地的海藻。一团团的红色从海葵中涌出，散布四周，迅即变换位置，那是一群彩虹鱼，身体的颜色五彩斑斓，但在它"看"来，不过只是比海葵温度高一些的活物而已，活物太小，塞牙缝都不够。它身子一拱，从沙土中弹跳出来，在掀起的水涡中翻腾，扁平的尾巴控制住了身体姿态。它伸展身体，快速平稳地穿过这片区域，进入珊瑚礁堆砌的迷宫之中。

水中有轻微的振动。珊瑚礁下的洞穴中，有什么东西在摇晃。那是鳗鲡，它最喜欢的食物。它放慢游走的速度，小心沿着礁石间的缝隙前行。鳗鲡刚刚成功捕获了一只寄居蟹，只顾嚼着美味，丝毫没有意识到暴露了自己的位置。

体温，形状，海水振动的频率。这是一条成年的银鳗，肥美可口。它接近了洞穴。鳗鲡正在吐蟹壳。它柔软的身躯突然匕首一样刺进洞口，两颗锋利的牙齿立即插入鳗鲡的皮肤，释放毒液。鳗鲡挣扎着，短粗的身子迸发出惊人的力气，竟然将它弹开了半尺。它缩回身子，只在洞口徘徊。鳗鲡也后退，撞到洞壁上，身子飘动，一下子就倒在了洞底。它伸出分叉的舌头，嗅着水中的气味，确定鳗鲡已经死亡，从容探身进洞，将鳗鲡拖出洞穴，这是一顿丰盛的大餐。

有什么生物在靠近。它警觉地将猎物掩盖在身下，抬起头，迎着那生物的方向。

那是另一条灰斑海蛇。

蓝点章鱼：自恋

它喜欢照镜子，从沉船的客舱中发现了一面镜子后，它每天都会游过来照镜子。镜子中，有着罕见蓝色斑点的八爪黄褐色生物，神气活现。它会时常改变身上的色彩，镜子中的生物也会如此。它敲击镜子多次以后，确认镜子里的生物就是自己的影像。这个发现令它痴迷，镜子比整个世界都要有趣了。

它的世界原本就绚丽多彩。它有视力，看得到周围物品的颜色、形状、质地。红色的珊瑚，白色的礁石，头顶的水越往上越是淡淡的蓝色，还有一缕缕穿透蓝色的银亮阳光。不喜欢运动的它，最近得到一个很大的螺壳。它杀了螺壳中的寄居蟹后就隐居其中，捕捞路过的小鱼小虾为食，偶尔，会爬出螺壳伪装成一支珊瑚，欣赏周围的美丽世界。它会对着路过的天敌韧鱼和海鳗吐水圈，那两种动物呆头呆脑地没有任何反应。

蓝点章鱼喜欢更大的、更清晰的镜子，它在沉船中反复搜索了很久，也没有达到目的。它的三个心脏、两个记忆系统，五亿个神经元都为此焦虑。它是一只独一无二的章鱼，它的生命不仅仅只是捕食和繁殖。

银亮的东西来自沉船制造者，他们在水的上面，数量很多，它了解。它巧妙穿过他们投下的网子，追寻着那些银亮的美丽的物品。它以前从来没有见过圆润闪亮的坚硬物品落入海底，深埋沙土之中。

灰斑海蛇：猎物

两条灰斑海蛇在礁石之间游走，灵巧地顺着地形往水深的地方游去，似乎在那里会有一个海蛇的猎场，一些鱼虾慌忙避让。一条柠檬鲨被这种不寻常的景象吸引，跟了上来。海蛇们迅速躲进沙土，肤色和背景融合在一起。鲨鱼在它们头顶游了几圈，便放弃了捉拿它们当晚餐的想法，离开了。海蛇们继续前行，珊瑚礁渐渐远了，水里各种动植物的气息越来越少，四周一片荒芜，几乎没有视力的海蛇们停了下来。

海蛇们开始往地下钻，砂石扬起，搅出一圈圈水涡。它们滑腻的身体柔软而坚韧，只要有一点缝隙就能潜入。海底的砂土，它们片刻就钻了进去，尾巴在砂土上拍了拍，便消失在水涡中。

海蛇不慌不忙前行着，黑暗和泥土都不是什么障碍。直到它们碰上一根细长的管子，那是人类铺设的海底光缆。管子很涩，生了藤壶和海藻。海蛇慢慢地顺着管子滑行，引信碰到尾巴上，管子上的寄生动物被一一扫落。管道冰凉，没有丝毫令海蛇激动的热度。两条海蛇碰了碰头，引信在水中乱抖。一条灰斑海蛇咬住管子外层，将它的毒液倾倒在金属上。毒液渗透之处，金属像渗水的纸一样消融了。另一条海蛇则盘踞管子上，伸长脖颈，抬头，感受着四周环境些微的变化。毒牙穿过双层钢丝铠装、松套管、油膏、凯夫拉、阻水带，稳稳咬住那一丛细如头发的玻璃丝。咬断很费劲，但毒液侵蚀下去，玻璃丝都化成一个个塑料小球，滚落下去，立刻被海水冲走。

蓝点章鱼：杀戮

章鱼猛然收缩腕足，再一松，头下部的体管同时喷水，轻而易举地将带它疾驰奔来的旗鱼推到一旁，自己向下方游去。旗鱼肚子上顿时留下一圈腕足吸盘的印记。章鱼顾不上同情这个临时坐骑，在它的右下方，一条灰斑海蛇吐着信子，正警惕万分。章鱼落在海蛇的前面，离海蛇还有好几米远。它不敢轻易靠近，灰斑海蛇是这个世界中最毒的蛇，毒性是它陆地上的远房亲戚眼镜蛇的200倍，而且它的毒是神经毒，没有解药。章鱼可不想品尝毒牙切入自己皮肤的滋味。

在那条灰斑海蛇的撕咬下，光缆已经断裂了五六处。

章鱼找到一个空贝壳，刚好能塞进它自己的身体。这让它觉得有了安全性，就躲在贝壳中小心挪动，一点一点靠近海蛇。

警戒的海蛇感到了水中的异样，它张大了瞳孔，引信越发颤抖，它全部的感官都在辨别着，那个丝毫没有热量显示的物体为什么会越来越近，快靠近自己了。快！海蛇猛然往后躲闪，章鱼的腕足已经缠住它的身躯。海蛇扭动着，尾巴不住拍打在章鱼身上。然而，章鱼有八条强有力的腕足，它能将这条海蛇活生生掐死，只要别被海蛇的毒牙咬住。但是，第二条海蛇游过来了，它反向缠绕章鱼，像一根绳子，将章鱼的腕足捆绑在一起，蛇牙碰到章鱼的吸盘。

章鱼立刻释放墨汁，同时切断被海蛇咬住的那条腕足。断掉的腕足不停地蠕动着，好像是章鱼自己在那里疼痛不堪。墨汁中含有麻醉剂，能让海蛇的感知系统暂时混乱。章鱼平安脱身，向它的贝壳游过去。

第一条海蛇正等在那里，张开嘴，将章鱼整个儿囫囵吞了下去。

灰斑海蛇：归巢

海蛇静静地躺在光缆旁边，章鱼把它的胃撑开了，令它很不舒服，它爬不动。那条在章鱼墨汁中扭动的海蛇，终于摆脱墨汁的干扰，却正撞上追上来的柠檬鲨。鲨鱼干脆利落地咬断海蛇的脖子，海蛇的头带着它可怕的毒牙掉落海底，而身子成了鲨鱼的点心。

海蛇感知到了鲨鱼的攻击，它竭力向光缆后面的沙土中缩。4厘米粗细的光缆遮挡不住它凸起的腹部。鲨鱼兴致盎然地冲了过来。海蛇全身一紧，胃里的章鱼似乎也要伸出腕足破腹而出。它只好抬起头、伸蛇信、亮毒牙、瞪大眼睛，做出一副要和鲨鱼拼个鱼死网破的姿态。

鲨鱼在半空停住了，不远处出现了海豚的身影。鲨鱼迟疑了片刻，便掉头而去。海豚游近了，这是一条没有血肉的仿真海豚，额头的编号和腹部的一只机械手暴露了它的真实身份。假海豚游到海蛇面前，机械手轻轻抓住它的颈部。海蛇一动都不敢动，任由机械手将它放进打开的肚子中。

假海豚在光缆破损处周围游动，过了十分钟，才掉头离开。它游走的速度很快，片刻就游到一艘潜水艇前，潜水艇的底部缓缓打开了一道门。

蓝点章鱼：逆转未来

灰斑海蛇蜷缩在水笼子的底部。不断有人打开灯，从上面扫射它。它趴在那里一动不动。

"可怜的小蓝，这只章鱼它得消化一个星期。"

"它很勇敢。光缆断了，战争的胜利女神会站在我们这边。"

人们还絮絮叨叨说了很多话。海蛇很厌烦。好在人们察觉到它的情绪。灯灭了，人散去，四周黑暗而静寂。

海蛇蠕动着，不断抽搐。它张大嘴巴，整个下巴都打开了，裹在湿淋淋消化液中的章鱼从海蛇嘴中滑出来。

章鱼抖动腕足，海水流过它的身体，冲净身上海蛇的胃液。它活力充沛，好奇心十足。它回头，角落里的海蛇恢复了原状，只是样子有些虚弱。

章鱼顺着笼壁向上爬，腕足一寸寸伸延，吸附在光滑的金属笼壁上。章鱼触到了水笼顶部的电子锁。它的腕足拍打锁面，牢牢粘住。

章鱼使足气力，向后拉伸，电子锁的某处发出轻微的"咔嚓"声。章鱼的腕足往上推，水笼的门终于被章鱼顶开，灯光倾泻进笼里，章鱼迅即跳了上去。

海蛇抖擞精神，也蹿了上去，转动它的头，冲一个方向吐舌。

章鱼朝那方向爬过去，无声无息。它打开了一个又一个水笼，上百条灰斑海蛇涌动出来，爬满了整个房间。

Down

冰原辽阔，天高云淡，阳光灿烂。

天地之间，一只灰白色的北极狐快速奔跑着，不时停下来东闻西嗅。

冰原上到处都是罅隙，融化的冰水在其中荡漾。有的地方，罅隙变成了水塘，海水漫了过来，掩过冰面。北极狐绕不开，只好蹚水而行，湿了的爪子让它不舒服。它找了块干燥的冰面，举起爪子想舔干水分。几只北极燕鸥掠过天空。北极狐朝燕鸥飞去的方向看，举起的爪子不由得又放下。

北极狐心急火燎地重新上路，燕鸥的气味越来越浓重，这代表着将出现鲜嫩的燕鸥蛋和好吃的幼鸟。狐狸舔舔舌头，步子更快了。转过一座小山丘，它站住喘息，心满意足。眼前，成千上万只燕鸥在阳光里聚集，鸣叫声此起彼伏。地上到处是燕鸥的筑巢，不时有淘气的小燕鸥探出头来召唤父母。山丘前面，雪白的冰原已经变成了翠绿的草场。一片一片绿色的植物从融化的冰里生长出来，匍匐在冰面上，织成一张绿色的地毯。毯子上，还开出许多细碎的颜色鲜艳的花朵。

北极狐兜了个圈子，确定自己没有走错方向。海洋就在不远处，燕鸥们需要最短的距离捕鱼喂养孩子。那么这个地方不该有植物，从没见过这里有植物。北极狐悄悄接近一丛植物，神态机警。植物没有难闻的味道，特别矮小，像是一种苔藓，又有点像韧草。唯一的特别之处是所有植物的根茎都缠绕在一起，组成特别有力量的一张网，北极狐用它锋利的牙齿都没能撕开。它退后两步，打量着这些植物，不甘心地又冲上去，这一次它终于弄断了一丛，得意地将植物从水洼中拔出，扔在地上。植物根茎上有些白色半透明的膜，脱水后就迅速干瘪，皱成一团。北极狐咬住这团东西往下扯，团子富有弹性，扯不断，打在狐狸脸上。北极狐疼得嚎叫一声，放开团子，脸上嘴上还沾了一些团子的碎屑。它甩甩头，没把袭击失败当回事。

北极狐放弃了对陌生植物的好奇心，它把注意力集中在燕鸥们那里。瞄准了一个孤独的鸟巢，狐狸蹑手蹑脚向鸟巢靠近，一步、两步、三步，它突然跌倒在地，四肢抽搐，片刻就没了气息。

燕鸥们早就发现了北极狐，它们在空中盘旋，警惕着这个外来者。现在，它们小心翼翼地飞到北极狐附近，打量着，终于，它们中胆大的那些跳到了北极狐身上，叼啄狐狸的身体。

那被狐狸拔出的植物，慢慢退回水洼，团子碰到水立刻舒展开了，恢复了膜状，包住根茎，一点点沉进水里。

这是漫长的极昼，太阳不会落下，大地每日都充满光明。无名植物吸取太阳的光和热，迅速生长着，它们向海洋和山丘蔓延。燕鸥们渐渐找不到巢穴，当它们叼着捕获的食物飞回来的时候，鸟巢和鸟巢中的幼鸟都已经被植物覆盖，变成了植物绿色枝丫的一部分。悲伤的燕鸥只能离开了，再也没有飞鸟和走兽敢靠近这片地区。这有毒的、会消化肉类的植物毫无节制地生长，消耗尽了积雪。于是，植物的根茎破开了海冰，与冰冷的海水接触。根茎部的膜在海水中抖动，过滤盐分，吸取养分。枝干顶端，枝叶密集层叠，不留一点空隙。随着枝叶吸取阳光的能力增强，膜的活动能力也在增强，它长大长厚，单体的膜连成了一张网，渐渐遮住了透进海水的阳光。植物的上部，枝叶中开出艳丽的花，结出艳丽的果。这些细小的果子能够忍耐低温、干燥、高盐度的环境，将在漫长的极夜后生根发芽，延续种族的生命。

一切都准备就绪，植物等待着太阳落山，那时刺骨的寒风将肆虐大地，雪花纷落，绚丽的极光在冰原尽头闪动。那虽然是死亡的时候，但也是积蓄生命等待新生的时候。

然而，今年的极昼似乎特别漫长。植物体内的光敏细胞，始终无法释放极昼将尽的信息。温度适宜，阳光充足，植物群落中部，果子们陆续开裂，种子从中滚落到水里，粘在了膜上，开始生根发芽。

准备应对极夜的种子，即将消耗在这个极昼之中。当太阳落山，整个群落便会在短短几天之内被寒夜和暴雪吞噬，到那时，它们没有一粒是能熬到明年极昼的种子。

植物群落面临着它有生以来最大的危机。

大膜破了，碎膜重新回到植物的根茎部，向上生长，将整株植物都包裹在其中。失去膜固定位置的植物，摇摇晃晃。膜开始渗水，植物便向下沉去。成千上万株植物一起，脱离了海平面。

膜有规律地放水，渗水，植物一点点深入海中。失去植物覆盖的海面，重新回到了阳光中。阳光穿透海水，照在那些植物上。

膜里的植物，绿色青翠，花朵艳丽，裹着阳光，向海洋深处下沉。它们像绿色的雪片，带着海面上温暖的气息，落向黝黑的海底。

5米、10米、80米、100米，植物仍在不紧不慢下沉着，它一心要到海洋的深处去。那里有极夜般的黑暗，可以抑制它旺盛的生长势头，让它积攒力量去应对地面的寒苦。

阳光渐渐遥远了，只有微弱的蓝绿光从上方照下来。已经500米深。水无所不在，是巨大的弹性物质，上下左右，一层层望不到边际。

一只北极甜虾出现在植物附近，它围着植物游动，舞动须子，以为这是一种新的海草。又一只甜虾游过来。虾们追逐着植物，渐渐地竟然越来越多。甜虾吸引来鲱鱼和北极鳕鱼，它们在虾的外面汇聚，一条接一条，一层连一层。虾围着植物，鱼围着虾，它们顺时针游动着，形成了一个巨大的漩涡。漩涡中心，便是那些一排排执着向下的植物。

有时，漩涡会凌乱，那是横冲直撞捕食鲱鱼的大金枪鱼和鲨鱼。

阳光彻底消失了，无尽的黑暗包围了植物。这是永远静寂的夜晚，连时间都为之窒息。

植物停止了下沉，它们漫长的旅程似乎有了终点。

但是，有什么在亮着？是安康鱼的钓饵，还是光头鱼的眼睛、宽咽鱼的尾巴？星星点点，一簇一簇亮起来的冷光，将黑暗撕开撕碎，跟下来的浮游生物和鱼类，在这些光华中旋转，就像在跳三步舞曲。

冷光在植物的包膜上亮着，越来越亮。

它们寻找黑夜躲避灾难，却给黑夜中的生物带来光明。

遥远的某地，一份报告被打开。报告附着无名植物疯狂生长的照片。照片下的黑体字写着"人造植物74031号，投放北极区域，冰原改造效果未达到预期"。

失控

"13146-K，目标350米。感应雷达自动关闭。"领航员3号报告。

"13146-J，目标350米。感应雷达自动关闭。"领航员3号继续报告，十分轻松。

"13139-I，目标350米。感应雷达自动关闭。"领航员5号报告，揉揉疲惫的眼睛，继续跟踪下一个目标讯息。面前的显示屏上，代表13139-G的亮点却一动不动。

"13139-G，13139-G，13139-G？"领航员5号睁大眼睛，连声呼唤，不断按动鼠标，那亮点却像粘牢在屏幕中了一样，领航员5号拍打键盘。显示屏一分为二，出现13139-G的视野，画面来自13139-G携带的水下摄像仪。视野中尽是混浊黑暗近乎凝滞的水体，没有任何流动的迹象。

13139-G在犹豫。一头训练有素的战斗海豚是不应该犹豫的。领航员5号迅速调出13139-G的资料：

编码　　13139-G

种类　　宽吻海豚

年龄　　10岁

身长　2.76米

体重　245千克

特长　最高水面跳跃2.3米，最长潜水时间15.3分钟，识图能力A级

代号　微笑

领航员5号不由得絮叨："微笑，微笑求求你了，你动一下。"手不由自主地放到深红色按键上，那是操纵海豚的最后武器。如果出现了海豚拒绝执行命令的情况，在万不得已的情况下，可以使用这个武器——植入海豚皮下的激素，依照释放剂量不同分为"督促战斗""返回基地"以及"取消任务"三种作用。最后一项作用"取消任务"，实际上就是毒死海豚。海豚的心脏停止跳动后，它所负的压力式综合战斗装置便会自爆，将海豚和它的任务都炸成粉末。

"不，不，求你动一下。宝贝，我不想你遭遇不测。想想你的情人，还有你的小宝宝，它可就要出世了。"领航员5号哀求，好像屏幕中的13139-G微笑能够听得到一样，"想想吧，你的宝宝在妈妈肚子里快一年了，它要看不见你该多伤心。"

似乎听到了领航员5号的声音，13139-G前方的水体有些波动。领航员5号轻轻嘘气。然而，水体瞬间又恢复了平静。编码13139-G，代号"微笑"的宽吻海豚，训练了整整30个月，参与过3次海港偷袭和1次潜艇作战，是成熟的老战士了，却在这次港口布雷的任务中掉链子。

控制大厅里，领航员们已经陆续放下耳麦和鼠标，拿起茶点。依照海豚的速度，350米只是半分钟的路程，不必操心了。这一次的布雷任务，执行得神不知鬼不觉，堪称完美。

只有领航员5号还在抓耳挠腮、忧心如焚。他终于举手，向正嚼动一块黄油曲奇的导师挥动。导师是脸上皱纹多得如同黄土高坡上千沟万壑的军人，不苟言笑，视生命如同草芥。

果然导师斩钉截铁，没有任何回旋余地："取消任务。"

"为什么？"领航员5号喜欢微笑宽宽扁平的嘴巴扫过他的脸颊，再从他身边的篓筐中叼出一块鲅鱼，抛高接住，美美地吞咽下去。吃得美了，微笑会腾空跳起，来一个360度后空翻，压住水花轻快入水。然后，就在领航员5号往水里找寻它的时候，微笑会从水中立起身子，呵呵大笑，一嘴水便喷在领航员5号身上。它那得意而嘚瑟的表情，让领航员5号常常以为它是水族馆的表演明星，而并非战斗部队的特种士兵。

导师的声音锋利干涩，像刺刀刮过领航员5号的情感："它追不上了。临阵逃脱当立刻枪决。"

"可是，可它是海豚啊。"领航员5号辩解，声音软弱无力，立刻就遭到导师的白眼。

"它是战士！"导师说，毫不迟疑地按动深红的按键。显示屏上的水体晃了晃，领航员5号还没来得及伤感，显示屏就黑屏了。雷达屏幕上代表13139-G微笑的亮点，也随即消失。

有大约半分钟的时间，领航员5号大脑一片空白。雷达屏幕灰白了片刻，而后忽然出现一个亮点。领航员5号失声低呼："13139-G？微笑？"

雷达显示：13139-I，完成任务，返回。

领航员5号这才醒悟，是自己队列中的另一只海豚，编码13139-I代号尖刀的，顺利完成任务归来了。与此同时，领航员3号报告："13146-K，完成任务，返回。13146-J，完成任务，返回。"领航员9号跟进：

"13120-Y，13120-Z，完成任务，返回。"

海豚们都陆续归来。领航员们纷纷举手，和导师击掌相庆。

只有13139-G微笑不在了，却并未能牺牲在两军阵前。领航员5号垂下头，轻轻在胸口画十字，轻轻吟诵："主啊，宽恕你的子民吧。"

领航员们都松了口气，笑语喧哗，开始收拾操纵台，准备去游泳池迎接各自的海豚战士。只有5号没动，静静为微笑诵念经文。在他虔诚的祈祷声中，面前的雷达屏幕上，13139-I的亮点旁，忽然多出一个亮点，陪伴着13139-I迅疾前行。

"那是什么？"导师的犀利目光巡场一周，落到领航员5号负责的雷达屏上。

"不知道。"5号有些怅然若失，放大信号，切换到13139-I的视野画面，调至高清。画面里，三头海豚正在13139-I前方游动。夜晚的海洋漆黑如墨，但对听力灵敏天生就自带超声波导航的海豚来说，黑夜根本就不算什么问题。

"把摄像仪的镜头换个方向，转过来看海豚后面。"导师拍拍5号的肩膀，尽可能轻松地说。

5号立刻照办。13139-I身后，与它只有一个鱼尾距离的地方，露出一头巨大动物的阴影轮廓。那动物不紧不慢地跟着13139-I，在摄像仪的冷光中，像一个恐怖的幽灵。

"那是什么？"正要离开的领航员们急忙聚拢过来，围住5号和他的控制台。

5号再也无暇为13139-G哀伤，他双手不住拍打着操作台上的各种按键，恨不得把脚都用上。

40秒后，通过红外线夜光拍摄等各种手段，那大动物的真面目终于显现。这家伙有着纺锤状体形，长度超过了3米，颈部周围和肩部都长了粗粗的鬃毛，头部比较小，不像海豚那样有着招人喜欢的大脑袋。它的肩背有大块形状狰狞的斑痕，左鳍肢更是明显的断了一截。

领航员5号倒吸一口冷气："是海狮。看上去起码有一吨重。"

"1254千克。"导师说，"它叫锋刃，我训练过它。它退役后去了海洋馆。"

恐怕是卖给海洋馆的，经过军事化训练的海洋哺乳动物非常容易和人沟通，能很快掌握海洋馆中的那些表演项目，因而常常能卖个好价钱。但锋刃出现在此时的海洋中，紧跟在13139-I身后，恐怕此事非同寻常。

导师的反应极其迅速："通知13139-I，拦截锋刃。"

领航员5号有些不快，辩解："13139-I还没有锋刃一半大，拦不住它的。"

导师已经接通了上级数据库，锋刃被卖后的信息与他的所知综合在一起，他脊背间突然蹿上一股寒意。"锋刃到海洋馆后不久就被转卖，几经易手，被他们获得了。"导师指指墙上大屏幕的目标作战区域，"有可能，被收进了他们的海洋特战队。"

"这头海狮，它能够战斗？"领航员5号难以置信，看上去这头海狮温和得有些笨拙，而且明显衰老了，"何况它身上什么都没有。"

"它紧跟着海豚，不可能是为了吃顿夜宵。"导师说，"不能让它发现我们。"

领航员5号无可奈何："距离我们只有2000米了。13139-I拦不住怎么办？"

四周的领航员们面面相觑，海豚们已经布雷成功，身上再没有任何战斗武器。而且因为海豚完成了既定的战斗任务，那个伪装成"取消任务"的自爆指令现在无法实施。

如果这只老海狮，前特战队员锋刃，真想要干点什么的话，海豚们是斗不过它的。别看海狮在陆地上行动笨拙，在海洋中可是敢跟鲨鱼拼命的家伙。大章鱼尽管长了8条强有力的腕足，一样不是海狮的对手，会被海狮捉住，将章鱼的腕足一条条撕下来活吞。锋刃是经过特战训练的海狮，肯定比普通海狮更凶猛，更有攻击性。

导师已经和上级沟通了意见，他镇定地对领航员们下达命令："去迎接你们的海豚下属吧，要热情拥抱它们！"

领航员们有些迟疑，都没有动。

导师说："不用担心，我将派刀鱼阻拦锋刃。目前还没有搜查到跟踪电波。锋刃的出现，可能是它自己的独立行为。"他稍稍迟疑，还是没有说出后面的话：锋刃的脑部做过手术，退役前，它的智商已经接近人类十岁的孩童。

领航员们这才释然，心头的疑云烟消云散，他们说笑着向外面走去。

只有5号还在座位上，呆呆看着屏幕上的锋刃。海狮的嘴脸越来越清晰，长须甚至都碰到海豚尾巴上。

5号的海豚转过身，面对锋刃。5号不得不再次调整摄像仪的镜头方向。海豚和海狮注视着对方，气氛有一点融洽……5号搜肠刮肚，觉得只有这个词可以形容：惺惺相惜。

导师果断下命令："刀鱼组出发。"

5号心里咯噔一下，忍不住看向屏幕。海豚与海狮正慢慢靠近。

刀鱼无声地滑进海水，一共五条。银灰色的流线型外形酷似海豚，但比海豚小巧得多。金属皮肤包裹着声呐、温差电池、综合导航系统、低噪声推进技术、水雷感应识别系统等各种部件。刀鱼是没有血液与骨骼的机器鱼，执行水下任务更有效率更安全，花费更少。正是由于刀鱼的研发成功并引入实战，锋刃这样的生物战士才被逐渐淘汰。

这五条刀鱼携带有特殊的绳套，它们将用这绳套套住锋刃，将这头可能有危险的老海狮就地碎尸万段。

刀鱼渐渐接近海豚们了。海豚们没有再往回游，只是原地转圈，似乎在聚会讨论刚才行动的得失。刀鱼携带的摄录装置立刻拍下了这种十分罕见的场景，传给了控制大厅。不过，由于刀鱼们的位置不同，它们没有拍出来海豚们转圈的全貌，尤其是没有将圈子中心的13139-I和锋刃拍摄进去。

海豚们注意到了刀鱼，它们旋转着，将刀鱼排斥在圈子外面。尽管刀鱼用海豚们的声音打招呼，并且发出"我是同伴，可以加我吗"的询问，但海豚们还是识穿了机器的伪装，对机器鱼不理不睬。

13139-I和锋刃在圈子的中心慢慢转动。老海狮的鳍肢不停搅动海水，急迫而焦灼。13139-G被炸碎的身体以及它身上的机器零件，随着海水慢慢浮起来。海水中充满了血腥的味道。

刀鱼发现了锋刃，它们变换队形，试图在海豚群中找到空隙突击。

13139-G的声音忽然响起来，这是它随身携带的一个录音装置被海狮尾巴抽中了。海豚的语言听来像人类的口哨声，尖利刺耳。

这声音立刻被刀鱼录下，传送到控制大厅。

控制大厅里，13139-G的声音回响着。走廊上的领航员们不禁停下脚步。导师冷静的面容突然凌乱了。领航员5号再次向上帝祈祷。

控制大厅中的每一个人都熟悉海豚的语言，他们轻易就听懂了13139-G的临终遗言。编码13139-G代号微笑的这头海豚，它声嘶力竭地在喊："不要去港口布雷！会炸死我们自己！"

一条刀鱼终于突破海豚群的阻碍，闯到了锋刃身边，试图电击它。锋刃躲开了刀鱼的攻击。老海狮咬住刀鱼的尾部平衡器，锋利的牙齿穿透金属，割破了电线。刀鱼扭动几下后就不动了。锋刃咬着刀鱼，仰头吼叫，向海豚们炫耀着它的战利品："这就是代替我的机器，有一天也会代替你们。人类不会怜惜，因我们和机器都是他们训练出来的战斗用具，没有任何不同。"

海豚们激动起来，加速转圈。13139-G临终时的绝望和愤懑一点点从海水中积聚，顺着它的血淹没每一条海豚。海豚们在13139-G的情绪中颤抖，它们推攘挤压着彼此，圈子越来越小，信息量越来越集中。

"跟我走。我将帮助你们拆除身上的激素泵，摆脱人类的控制，回到我们原来的生活中去。"海狮怂恿。它没有等待海豚们反应，突然跳跃出海豚们的信息交流圈，转头朝来的方向游去。

海豚们稍稍迟疑了几秒钟，便顺序跟上。

控制大厅里，领航员们手忙脚乱地操纵着机器，反复呼唤着各自负责的海豚的名字。但2000米外的海洋中，海豚们丝毫不理会人类的指令，它们乘风破浪，越走越远。

领航员们看着导师。导师的脸色，第一次惨白。

水母特攻队

水母来了

晨曦悄然撕开天边的黑暗，清澈的阳光洒在贝克海滩上。海滩边上的露营者钻出野营帐篷，迎着晨光深呼吸，感受太平洋上吹来的腥咸海风。

正是退潮的时候，海水一波一波向大洋深处退却，露出大片大片细腻的海滩。这正是露营者追拿螃蟹、贝壳、小虾米的好机会。几个心急的孩子已经拿起渔网和水桶，光着脚丫，尖叫着跳跃着冲上海滩。

晨光更清亮了，海滩上的一切都明晰起来。孩子们欢快地奔跑了几步，忽然停下来，诧异地看着脚下。

脚下是粉红色半透明的胶状物，粘住肌肤，摸起来柔软滑腻，像是超大号的棉花糖。

"这是什么？"顶小的孩子问，抓住一块胶状物想提起来。胶状物下面的丝丝缕缕缠绕成一团，看上去很轻，孩子却抓不动。

跟着孩子们的大人吃了一惊。他认出这种生物，本能地警告："是水母！别碰它！"

孩子们有些迟疑，水母是只在图片上见过的二维生物，还没有亲身接触过。

大人搜肠刮肚地寻找记忆中关于水母的知识，抓出一个词。"有毒！"这次他高声地，严厉地喊。

孩子们这才甩掉脚上的水母，后退。水母瘫软地趴在海滩上，一层又一层，仿佛草莓冰激凌奶沫，一直连绵到海上。往日湛蓝的海水变成了粉红色，随着海风荡漾，看上去还有些诗意浪漫。

"它真的有毒？"顶小的孩子看着粉红的海滩和海洋，有些依依不舍。

"是的，宝贝，看它那些触须，你差点碰着它们。那些触须上长满了蜇刺，能把毒液喷到你身上。"大人已经从手机上搜索了"水母有毒"的知识，庆幸自己的记忆还靠谱。

"那很可怕吗？就像被眼镜蛇咬了？"小孩子继续问。

"噢，很可怕。总之别招惹它们。"大人一边说，一边给水母拍照，上传网络。社交网站他的主页上立刻出现了鲜艳的图像：近景是水母庞大的身躯，远景是海滩连着海洋堆满水母的场面。

主题是：我居然看到水母，谁能告诉我发生了什么？

越前水母的攻击

4小时后，贝克海滩被海岸警卫队封锁了。露营者们心有不甘地撤离了营地。第一个报道水母的人被留下来，反复向赶来的各路人马说明他的发现。

"是的，那时候它们已经在海滩上了，到处都是。早上6点钟，没错。

047

它们很重，一头水母就有一百多千克，而且还兜了很多水，一个人根本搬不动。所以，它们一直在那里。"发现者像祥林嫂似的喋喋不休。

各路记者也来了，警卫队禁止他们接近水母。记者们只好跑到金门大桥上拍摄。高空俯瞰，整个海湾都挤满了水母，这些生物密密麻麻地在海水下面荡漾，数不胜数，搞得海水就像小米粥一样黏稠。

"我不喜欢这种状况。"美国联邦调查局FBI机器人探员667号说，它的调查支持专家们在天南海北听它发牢骚，并且随着它的脚步走进水母群中。涨潮的海水将一些水母带回大海，但海滩上依然拥挤，大部分水母已经脱水而亡或者深陷砂砾等待死亡。3D全息虚拟现实的同步画面上，667的金属肢体毫不客气地碾过水母们，这让各地的专家都感觉很不舒服。

"是越前水母！"东京水母研究所的野村五次郎不假思索地喊道，"千万别把它搞碎了。否则它会释放出数十亿个卵子和精子，整个东海岸就全完蛋了！"

"越前水母？就是那种世界上最大的水母？"正在纽约水族馆中观察海马生育的汤姆斯惊讶道。

德国人安德里亚斯向来严谨："667，把水母掀起来，我要看看它的触须。"667号立刻照办，安德里亚斯点头："不错，看它那橙黄色的触须，这是一只狮鬃水母。"

"不，绝对是越前水母。狮鬃水母不可能到旧金山来，它喜欢寒冷，只在北纬42度以北活动！"野村五次郎反驳。

"不，不，是什么水母这不重要。"汤姆斯说，"重要的是它来自哪里，想要干什么。陈明，你认为呢？"他问一直没发言的中国海洋大学教授陈明。

陈明耸耸肩："水母还能干什么？寻找食物填饱肚子，寻找地点生育后代。"他轻轻咳嗽两声，"说明旧金山海湾非常适合它们。"

"它们以前可是只在日本海泛滥。"汤姆斯不满意陈明的态度，"从日本到美国，非常远。"

"这个，的确值得研究。"陈明说，有点敷衍了事的态度。

"值得研究？恐怕，我们还得寻找原因吧？"汤姆斯冷笑，"谁应该为此次水母泛滥事件负责？！"

陈明转向安德里亚斯："我也认为这些水母是狮鬃水母。"

667停下脚步，它的视野中，还有水母被海浪一波波送到岸边，堆叠在它死去的同伴身上。

专家们不由得站直身子，迈入到虚拟的环境中。现在，他们借667的感官感觉到海滩上的一切，来自水母的沉默的死亡，竟然有种窒息空气的恐怖力量在释放。

他们听到，远远的，有警报的声音。

野村五次郎轻轻叹息："发电厂完蛋了。"

对付水母的N种方法

667走进FBI的报告厅，它已经断开了和专家们的信息通道，并且经过了严格的电子安全检查。667面对这个国家的决策者们叙述正在发生的事件。

"从旧金山到西雅图，海滩上都是越前水母，超过了二十亿只。"667毫无表情地说，"西海岸目前所有港口，临海发电厂，旅游设施和海产品养殖场都已经关闭，7542人被水母蜇伤，18人死亡，初步估算损失在一百亿美金以上。"

"水母造成的？"决策者之一问，不太相信地指指陈列桌上的水母。这个家伙看上去柔软娇嫩，根本没有破坏力。

"大量水母通过取水口被吸入发电厂的海水冷却系统之中，造成发电厂无法正常工作。"667说。

"这是战争！"另一位决策者杀气腾腾，拍桌子。

"还没有证据证明水母来自何处，"667刻板地回答，"卫星监控到的水母源头，来自约翰斯顿岛附近。在那里进行过核试验，但已经是很久以前的事情了，专家不认为和这次的水母爆发有关系。"

好战者冷笑："没那么简单！"

667打开视频系统，一边放映图像一边解释："依照目前清理水母的速度，将在237个工作日后打扫干净海洋。"

立体图像上，工人们小心翼翼地将大水母搬上车子，这是机器人无法执行的需要特别细致耐心和灵活的工作。

"清理得太慢了。没有化学药剂让它们融化成水吗？"怀疑者问。

"相关药剂正在研究。全美中华美食总会建议食用水母，并提供了大量菜谱。但食品安全监察部认为水母不可食用，拒绝颁发食物牌照。"667叙述。

几盘食物立刻送到了决策者面前，他们迟疑地观察了片刻，终于拿起筷子。

那些块状或者条状的食物脆而韧，酸甜或者麻辣，都有一种特别的味觉。

这是战争吗?

667带着它的水母食品离开了报告厅。一台大功率空气清新剂立刻清除了水母的味道。一台全分析机重新扫描了报告厅,就连空气都分析了,以保证没有任何细小的电子设备窃听这里进行的谈话。现在,报告厅里只有决策者们面面相觑。

一组投影开始播放——

太平洋舰队遭遇水母;

太平洋海底电缆及通讯光纤多处被破坏,破坏者为灰斑海蛇;

太平洋舰队海豚特战队的海豚突然全队脱逃;

投放在北极的人造植物未能达到改造固化冰原的目的;

……

"这些行为,我认为不是单独的,它们之间有联系。"决策者中最冷静的人说。

"指挥水母?谁做得到!它们可是没大脑的低等生物。"好战者说。

"有些水母有复杂的神经系统。毕竟,是生存了好几亿年的生物。"冷静者说。

"全球变暖和过度捕鱼,可以使水母数量异常急升,这只是一种学术界的理论。你们不觉得,这次水母在西海岸的泛滥,是有意图的吗?"

"但我们的敌人,怎么可能操纵水母?"怀疑论者敲击面前的水瓶,有些激动。

"是的,任何敌人,都没有技术可以指挥水母,尤其是这样庞大的水母群攻击美国。"与会者纷纷点头。

"如果,不是人呢?"冷静者问。

南极追踪

南极大陆·罗斯陆缘冰，惠灵顿时间19点。史蒂夫·阿奇又打开了通讯机，耳机中，所有既定的波段上都是一片噪音。他立刻关掉机器，以免消耗电力。

"我也需要断电吗？"机器狗PT问。

"不，你不需要。你得一直跟着我。"史蒂夫说，"你能找到方向。"

"是的。"PT举起前爪，"这个方向，距离37.56千米，是中国维多利亚的科学考察站，全年站，目前有35个人在站内工作，包括一个7人的后勤保障小组，您在那里能得到很好的医疗救助。"PT的前爪转动，指向另一个地方，"那里，距离48.91千米，是中国峨眉科学考察站，夏季站，他们有一个机器医生。"PT的声音模拟器发出类似干笑的"呵呵"声，继续说："多功能全科机器自动治疗站Ⅳ型，我觉得对您来说足够了，它还有专业技师5级按摩推拿功能。"

史蒂夫的目光顺着PT的爪子在空中划了一个半圆，晶莹璀璨的蓝天之下，阳光笼罩的大地上除了白茫茫的雪就是白茫茫的雪，这里和那里，没有任何可以标示的区别。

"麦克默多站在哪里？"史蒂夫问，强调，"我们美国的麦克默多站，那可是南极最大的科考站！"

"在147千米外。"PT说，"太远了。"

史蒂夫明白PT的意思，对PT来说，把他拖上这冰原并走了这么远，已经是能力的极限了。毕竟PT只是机器伴侣狗，除了能帮他背个挎包，找找路外，什么正经事也干不了，说个笑话唱个小曲倒是在行。史蒂夫看看自己被急救包包裹的受伤的腿，微微叹息："我不能去找中国人。"

PT跺脚，这个仿生机械的危机处理系统面对史蒂夫的固执，找不到任何应对方法。

"得了，"史蒂夫拍拍PT的脊背，"不关你的事。飞机坠海又不是你的错。我不讨厌中国人。但是，"他迟疑，即便面对的是一个机器，有些话还是希望烂在肚子里。史蒂夫闭上嘴，回头看，雪地上清晰的两行脚印，一个人和一条狗，延续到他目力所及的尽头……在那足有9千米远的地方，冰冷的海水已经吞没了他的飞机，以及他的助手和飞行员。为了追踪神秘的鲸鱼叫声"鲸歌52"，他的飞机在雪雾之中进入了地图上没有的海湾，然后就一头撞上足有6层楼高的冰崖。他能侥幸逃生全靠PT，它在飞机坠落的瞬间打开机门，奋力将他推出飞机。

"都怪那鲸鱼！"PT说，作为伴侣机器狗，它的心理干预系统对史蒂夫的理解只能到这种程度了。

史蒂夫没说话。智能机器最大的缺陷就是缺乏联想性。不能去中国站，是因为他追踪的"鲸歌52"中国人也在追踪，这是一项绝密的研究计划。

一般鲸鱼的声音频率在15～25赫兹，但有一头鲸鱼的声音却达到了52赫兹，由于这个声音频率不在任何已知鲸鱼的声音谱系之中，研究者们不知道如何给它分类。50年前研究者就监听到了这头鲸鱼的异常声音，称它为"鲸歌52"，但却一直找不到它的行踪，断断续续监听了30年后，这个声音在大洋中消失了，人们再也听不到了。按照一般鲸鱼45岁的寿命来计算，这头鲸鱼应该已经死亡或者被人类捕杀了。但在去年，就在旧金山水母事件发生的时候，美国海军意外又监听到了"鲸歌52"的声音。从那时起到现在，"鲸歌52"会出现在每一个异常海洋事件的现场。

史蒂夫拧开电子烟，深吸一口。巧克力味的尼古丁烟雾在他口腔中蔓延，让他的心情轻松了几秒钟。每一个异常海洋事件的地点各不相同，时间上却从来没有重叠，所以每一个事件要都在场，并非不可能，但一头鲸鱼出现的地方都会发生异常事件，这无论如何不寻常。

"那个鲸鱼，应该有70岁了。"PT忽然说。

史蒂夫难得地笑了，关掉电子烟，说："不知道。也许吧。我的一些同事不相信它真是一条鲸鱼。"是的，海军中有人怀疑那是敌对势力，甚至拿出当年纳粹跑南极建立秘密基地这样的传言，于是他就被海军派来追踪"鲸歌52"，找到这个海洋中的吟唱者。那也许是这场该死战争的关键。

是的，战争，史蒂夫疲惫地站起身，在海洋中，和看不见的敌人进行的完全不能预测未来的战争。处在极昼阶段的南极令他烦躁，太阳正向地平线靠近，却还要有三个月才会落下。史蒂夫看看综合仪，地面温度在降低，一场风雪40分钟后就将降临。他最好能尽早和总部取得联络，哪怕是找到一个补给站的备用通讯机都可以。时间消耗不起，也许战争的胜负就决定于他的报告——在南极罗斯湾，"鲸歌52"的声音信号稳定、清晰，而且近在咫尺。

肯尼亚内罗毕·联合国总部，内罗毕时间11点35分。联合国的这次专题会议，已经进行了三个小时，在一系列用汉语、英语、法语、俄语、阿拉伯语与西班牙语发言进行的冗长报告之后，与会者都产生了深深的饥饿感。及时送来的午餐分西式和中式两种，西式是章鱼状面包、腌鲑鱼搭配海藻酱；中式则是酱爆鲑鱼盖浇饭配凉拌海蜇和海藻汤。无论哪种都令人生厌，毫无食欲。

美国代表最先提意见："内罗毕离最近的港口也有400千米，我不认为海产品会是这地方的主食！"

会议主席来自尼日尔，他对美国人的抱怨嗤之以鼻，反驳："尼亚美都以海鲜为主食了，难道您不知道，海产品养活了整个非洲吗？"

法国人打着哈欠，懒懒地对美国人的意见表示赞同："我们不指望工作便餐有烤肉大菜，但起码应该有开胃沙拉、甜土豆和鱼香肉丝吧。"

俄罗斯人点头附和："哪怕是酸黄瓜也好哇。"

尼日尔人不耐烦地回答："这些海产品，味道不错的。我不明白，有什么不对吗？"

美国人很郁闷，喊道："有什么不对？我们一上午在干什么！在讨论我们可能受到了海洋的攻击！是整个海洋，都在与我们为敌！你明白吗？"

尼日尔人满脸"你们在说什么"的奇怪表情，他说："如果海洋与我们为敌，我们吃掉我们的敌人，不正是最应该的行为吗？有什么问题吗？"

在场一众各国代表都被尼日尔人的耿直噎住了，说不出反对的理由。

尼日尔人憨厚地笑了，继续说："非洲一直在遭受粮食短缺的折磨，成千上万的儿童营养不良甚至因此夭折。但我们有了海洋农场之后，丰盛的海产品使我们远离了饥饿。"说到这里，他向中国代表竖起大拇指，"这还要感谢中国朋友的帮助。"

中国人摆手，将话题从食物上转移开，他说："我想大家的情绪可以理解，毕竟这大半年我们都吃了太多的海产品。"

"是的，"美国人沮丧，"我们一直在吃海蜇。从旧金山到西雅图，二十亿只越前水母！"

"我们在吃鲸鱼。"日本人说，"除了鲸鱼我们什么渔获都没有。"

尼日尔人脸上奇怪的表情又出现了，他说："我其实不明白，海洋给了我们那么多丰盛的食物，可你们却说它是敌人，怎么解释？"

美国人火冒三丈，指着中国人："这个你要问他！问一向爱好和平的中国人在干什么！"

中国人不慌不忙反驳："诸位，一个上午我们都在听各位海洋专家的报告，关于海洋的种种异常，没有任何一个数据能证明是中国所为。"

美国人怒气冲冲地嚷道："难道是我们美国干的？整个太平洋都不对劲！海洋动物们的行为越来越不能理解，就像你们自己的专家说的，"他忽然用蹩脚的中文说："海洋动物都成了神经病。"

俄罗斯人劝道："二位，二位，整个上午我们坐在这里打瞌睡了吗？

那些专家的报告，到底谁听懂了他们在说什么？"

法国人拿起一块面包蘸了酱，使劲儿咬了一口，才慢吞吞地回答道："他们说，这场混乱，水母攻击海滩，海蛇咬坏海底光缆，海豚不再救人反而任人溺死……这一切，都是因为……"法国人停顿了几秒钟，欣然将在场所有人的目光集中到了自己身上，"因为海洋疯了，是海洋在攻击我们。"

俄罗斯人看看中国人，再看看美国人："是海洋生物集体无意识？还是它们有一个领袖？谁知道是怎么回事？"

美国人忽然精神起来，认真而得意地说："我们很快就会搞明白并得出一个结论，真的，很快！"

南极大陆·罗斯陆缘冰，惠灵顿时间20点30分，史蒂夫精疲力竭，也许是心理作用，冰原上的阳光减弱了许多，预计中的风雪还没有来，这让他紧张，双腿灌了铅一样无法再迈进一步。环境温度已经降到了零下25℃，冷气在史蒂夫裸露的皮肤上凝结，迅速变成了冰晶，扎进他的毛孔。

"你去麦克默多站。"史蒂夫嘱咐PT，"我走不了了。"

PT摇头："我不能离开您。"

"我命令你。你这笨家伙。"史蒂夫说，他打开背包，里面只有两块高浓度压缩饼干和一瓶能量水，"如果你足够快，明天早上我就能坐在麦克默多喝咖啡了。"

PT很固执："如果让我去维多利亚地，您今天晚上不但能喝上热咖啡，还能洗个热水澡。"

"我不能去找中国人。"史蒂夫再次强调，和一只狗很难说得清这其中要害，"别强迫我。"

PT的机械思维还在寻找最后的努力，它的电子眼扫描到背包中的物品。"那些东西，都是中国产的。"PT说，"您离不开他们。"

史蒂夫吃了一惊，再仔细看食品和水的标签，确实都写着"Made in China"，他有些沮丧，随即推PT，生气地说："是的，连我的裹尸袋都会出自中国。你赶紧走。"

PT原地转了个圈，指令已经下达，它必须执行。这机器狗于是按照程序向史蒂夫摆摆尾巴，便冲进雪原，瞬间就没有了踪影。史蒂夫甚至都来不及叮嘱一句："你小心！"

现在，天地之间，只剩下他一个人了。史蒂夫仰天长啸一声，颇有些英雄穷途末路的寂寥。他看看地上PT凿开的冰洞，铺垫好的保温材料又薄又僵硬，瞧着就不舒服。但他没有别的选择，只能爬进去，再将防雪斗篷撑起来遮住洞口。现在，史蒂夫只要能熬过太阳停留在地平线上的几个小时，南极最寒冷的风雪之下的几个小时，就能等到PT回来。PT一定会带来救援者。

史蒂夫拧开电筒灯，看看腰包中的蓄电池，剩下的电力可以维持保温材料4个小时的温度，现在不能用。他取出纸笔。当所有的电子设备都无法使用的时候，纸笔仍然能为人效力。史蒂夫开始在纸上默写纽约地图，以防止自己困倦了睡过去。

雪"哗哗"落在斗篷上，这些平时听不到的声音，在此刻，竟然特别清晰，史蒂夫甚至听到了自己心脏的跳动声。在这些放大的不可思议的声音里面，有一个沉闷而压抑的声音。

史蒂夫一惊，手忙脚乱，打开声音鉴定仪——一个可以接受超声波音频并对比分析的机器。

史蒂夫屏住呼吸："快点，快点，快点宝贝，快点抓住这个声音。我们抓到过的，就是它！"

就是"鲸歌52"的声音，那引诱他的飞机撞崖的声音，不会错，他梦里都能听得出这个声音。

史蒂夫神情激越，奋力站起来，全然忘记了自己受伤的腿。

肯尼亚内罗毕·联合国总部，内罗毕时间14点。下午的会议开场有点闷，大部分人心不在焉。专家们离开后的会场空出许多座位，每个座位都像是一双质疑的眼睛，瞪着前排圆桌背后的各国代表。怎样共同面对目前混乱的海洋，代表们一筹莫展，无法拿出统一的行动方案。

尼日尔主席催促众人："谁发言？该谁发言？"看看桌子后一张张密布倦意，甚至开始打呵欠的面孔，这非洲人越来越不耐烦，"没人有想法吗？"

俄罗斯人说："我提醒诸位，这些什么海豚攻击啊，水母进攻啊，可都是发生在太平洋。这和其他大洋沿岸的国家没关系。想想吧，诸位，太平洋这两年都发生了什么！"

"我不同意您的说法。"印度代表立刻反驳，他是个素食主义者，中午的海鲜饭让他非常不舒服，现在更是焦躁难耐，"所有的大洋，其实只是一个水体，环绕地球。没有孤立的区域，都会互相影响。太平洋的危机也许明天就会传染给印度洋。作为一个地区大国，印度有责任对印度洋将发生的灾难采取预防性措施！"

"预防？"英国人笑起来，问印度人，"你打算怎么预防？把7342.7万平方千米的印度洋修个篱笆围起来？哦，对了，还有阿拉伯海、安达曼海、帝汶海和阿拉弗拉海这些属海要不要也一起围上？"

印度人面红耳赤，刚要争辩，日本人抢在他说话前开口："这几年太平洋局势，诸位，你们都知道的。中国在世界上的影响力越来越大，他们在深海采矿中也处于领先地位。"

"所以，水母就到美国登陆了？"法国人耸耸肩膀，"这两件事情之间有什么必然联系？你们日本人还真能胡扯。"

俄罗斯人忍不住了，一拍桌子，把睡意蒙眬的人都惊醒了。俄罗斯人的声音提高了八度："诸位，别绕圈子说话。这两年太平洋里，各国一直在明争暗斗，今天这个海洋局势，各国都遭受了不同程度的经济损失。我看应该组织一个调查小组，调查各国在太平洋的所作所为以及周边国家受牵连的损失，然后确定赔偿份额。"俄罗斯人斜睨一眼美国人，"我看就按照各国拥有的太平洋海岸线长度来计算吧。"

美国人跳起来，手指快戳到了俄罗斯人的鼻尖上："你想让美国单独负责就直说。中国有面对太平洋的海岸线吗？"他恶狠狠地盯着他，"我们早晚会证实，太平洋中的生物行为混乱，是人为的阴谋！"

中国代表凑近话筒，声音平稳："我想这里有些国家对中国抱有偏见。但这不要紧，历史证明了许多对中国的偏见都是错误甚至荒谬的。太平洋的变化，刚才俄罗斯代表说到，中国也遭受了巨大的损失。这种'杀敌一万自损三千'的事情，中国人还做不出来。"

"杀敌一万自损三千"这个成语被同声传译含含糊糊翻译成"要别人死那么自己死得会更多"。众人意会，纷纷点头。

"我们的科学家这几年在海洋中追踪到一个神秘的信号，稳定在52赫兹的频率上。"中国人继续平静地说，"最近几年的海洋异常事件中，都有这个信号出现。我们认为，这个信号和海洋的异常大有关联，建议组成一个国际联合调查小组，调查这个信号。这尤其需要得到美国的支持与配合。"

"52赫兹，你们，你们知道……"美国代表睁圆眼睛，有些不敢相信。

"我们知道。"中国人说，"但我们还不能确定那是一条鲸鱼的声音。"

南极大陆·罗斯陆缘冰，惠灵顿时间24时。史蒂夫跌坐在雪地上，雪花劈头盖脸砸在他身上，瞬间又在他的肩头消融，直接气化，回到大自然之中，形成一层层密集的雪雾。风从四面八方扑来，摇晃他，他站立不住，感觉强风随时都会将他卷起，扔进雪雾里融化掉。风夹杂着雪粒和冰碴刮到史蒂夫的脸上，像刀子切割皮肤那样疼痛，他的眼睛都无法睁开。

史蒂夫干脆趴倒，让风雪从他脊背上呼啸而过。他小心看向怀里的综合记录仪，此时风力10级，风速27.1米/秒，在南极，这不过是个平常的大风而已。

风雪中，几米外的道路都模糊不清。三个多小时的艰苦挣扎，史蒂夫拖着伤腿才走了5千米。现在风雪越来越大，有些地方雪已经堆起了半人多高的雪坝，来时的脚印再也看不见了。综合记录仪指出的方向，在一片飞雪之中很难辨认。史蒂夫意识到，剩下的4千米将无比困难，他可能无法到达海边。"我在做傻事。"史蒂夫对记录仪说，"也许待在那个冰洞里等PT会更好。"他不能多说，记录仪的电力必须节省，否则可能会撑不到记录他死亡的时刻。

他会死在此地吗？他不知道。谁知道？死亡随时可能来临，婴儿在摇篮里不会翻身活活把自己压死，幼童在厨房中点着煤气开关引发煤气爆炸，毕业舞会上踩空了电梯掉进电梯井……每天都有生命因种种荒谬的原因消失，他能平安无事地活到现在，除了脚气和黄油过敏外没别的毛病，已经是万幸了。他不能指望自己的寿命能长过"鲸歌52"。

也许"鲸歌52"是一头格林兰露脊鲸，这种鲸鱼的寿命上限已经突破了211岁。但格林兰露脊鲸是在北极出没的巨大动物，如果它游到南极，上万千米的海路不会不被监测到。仅仅美国在海洋中布置的传感器就有数十万个，而且这种鲸鱼成年后能长到20米以上，体重则会突破120吨，这样的大家伙只要现身就都会记录在濒危动物的花名册上。

可是海军中的一些人认为"鲸歌52"不是鲸鱼，而是其他动物或者……人为装置。人为装置的说法加上"鲸歌52"声音的出现时机，是海军最为担心的一种"真相"。

但史蒂夫始终相信，"鲸歌52"是一头鲸鱼，每次他聆听"鲸歌52"的歌声时他都有这种感觉，"鲸歌52"的声音中充满了情感和沧桑。这不是人工机械能够模仿的。史蒂夫甚至感觉，"鲸歌52"并非像科学家所判断的那样是没有应和者的孤独的鲸鱼，而是一个用鲸鱼中少有的高亢声音做着大洋巡回演讲的"革命者"。

革命，史蒂夫被自己的想法逗笑了，他必须把这个词记录下来。"它是革命者，准备带领海洋生物推翻人类对海洋的侵犯和占有，把人类赶出海洋。所以这是战争，我们必须拥有海洋，否则我们没有明天。所以，没办法，我得抓住它，'鲸歌52'，制止任何改变海洋的行为，哪怕它是一条鲸鱼。"史蒂夫讲了一大段，停下来喘息。

雪雾中，"鲸歌52"似乎感应到史蒂夫的想法，它低沉独特的声音穿透风雪，清晰地传进史蒂夫的耳朵。

史蒂夫浑身震颤，惊得竟然心脏狂跳。他站不起来，风雪压住了身体，只好半撑着身体往前爬，一寸一寸，向着"鲸歌52"的声音挪动。他的体力在消逝，体温在下降，渐渐的，他似乎看到了荡漾的海水，一条巨大的尾巴从海水中举起，翻卷起海浪。史蒂夫睁大眼睛，想看清楚尾巴上面的斑纹。鲸鱼尾巴的颜色和纹路就像人的指纹，独一无二。但史蒂夫只看到了茫茫的雪雾，一片白色的混沌世界。

"我产生幻觉了。OK，可能下一秒钟我就完蛋了。你们找到'鲸歌52'时，记得在我墓碑前烧掉它的照片。"史蒂夫说，关掉记录仪。他将这宝贝放进保温袋，打开袋子上的蓄电池，这样记录仪在200个小时以内都不会被冻坏，PT会根据记录仪发出的信号找到它的。

史蒂夫翻身，脸朝向天空。天空也像大地一样是白色的，牛奶样的白色。

史蒂夫闭上眼睛。"鲸歌52"的声音还在继续引诱着他。这声音中，忽然掺杂进了狗叫声，凄厉的绝望的叫声。

PT？史蒂夫不敢相信，肯定又是幻觉了。然而狗叫后是大声地呼喊，在叫他的名字！史蒂夫想坐起来答应，但他身子僵硬，说不出话来。他拼尽了全身的气力，将腰上的应急照明弹抛了出去。

照明弹在雪地上滚了几米，炸裂开，发出耀眼的金红色的光芒。

十分钟后，史蒂夫躺在了一张舒适的急救床上。风雪消失了，代替它们的是布置紧凑而温暖的舱室，态度和蔼忙碌的机械医生。史蒂夫第一次觉得雪地工作车胜过任何豪宅，是这世界上最了不起的发明。

"这么说，是PT你半途碰到了中国人，叫他来救我的了？"史蒂夫问他的忠实伴侣。

PT点头："是的。您不在冰洞里，真让我担心。无论发生什么情况，您都不该离开。"

"我有非离开不可的理由。"史蒂夫四下环顾，"我的记录仪呢？"

"在我这里。您一见到我就叮嘱我要看好它。"PT说，"我把它放在我的屁股里了。"

史蒂夫笑了。PT的屁股那里有一个保险箱，放进去的东西要强迫拿出就会引发PT的防御系统开启。

"可是，张……张先生怎么会在大风雪的时候外出作业？"史蒂夫的调查员本能，让他对眼前的救命恩人产生怀疑。他看着这个精神抖擞的黑发小伙子，内心深处很难真诚地说出一声"谢谢"。

"我叫张涛。我是峨眉站的，去维多利亚站拉补给。"张涛说，"你的狗说你有危险，站上同意我先来救你。现在风雪太大了，我们不能前行，只能等风雪停了以后再走，但是你可以放心，医生说只要一个小手术，你的伤情就可以解决，没大事。然后你吃点东西睡一觉，等明天早上就能站起来了。"

史蒂夫问："能和其他科考站联络吗？"

张涛点头："可以，这边去年中国移动设了基站。"他指指墙上的通讯机，"多大风雪都不怕，你手术后就可以和麦克默多站联络。"

史蒂夫这才说："谢谢。"突然，他竖起耳朵。"鲸歌52"，那家伙的声音又来了，居然穿透工作车厚厚的特种钢的舱板，清晰地传进他的耳朵。

"你听到了什么吗？"他问中国人。

"你是说52赫兹的声音吗？"张涛点头，"我已经请示了上级，如果条件允许，我可以追查这个声音。"

史蒂夫愣住了，他怀疑自己听错了，强调说："那只是一头鲸鱼的叫声！"

"噢，我们不能确定。"张涛礼貌而固执，俯身看看仪表："声源离这里3876米，东南方向。"

"我们去看看！"史蒂夫不知哪里来的气力，一把抓住张涛的胳膊，"现在，马上！别让这家伙跑了！"

"您和我？"张涛迟疑，"您知道这意味着什么吗？"

"美国和中国联合对付海洋？"史蒂夫皱眉，"管他呢，我只想要一个科学的事实！"

张涛笑起来。这中国人一笑，整个面孔都生动了，有一种纯朴单纯的美好。

张涛说："嗨，我也希望那真是一头老鲸鱼。听上去，简直像一个童话故事。"

风雪依然肆虐，峨眉站的雪地车缓缓调转车头，向风雪中隐藏的海岸前行。

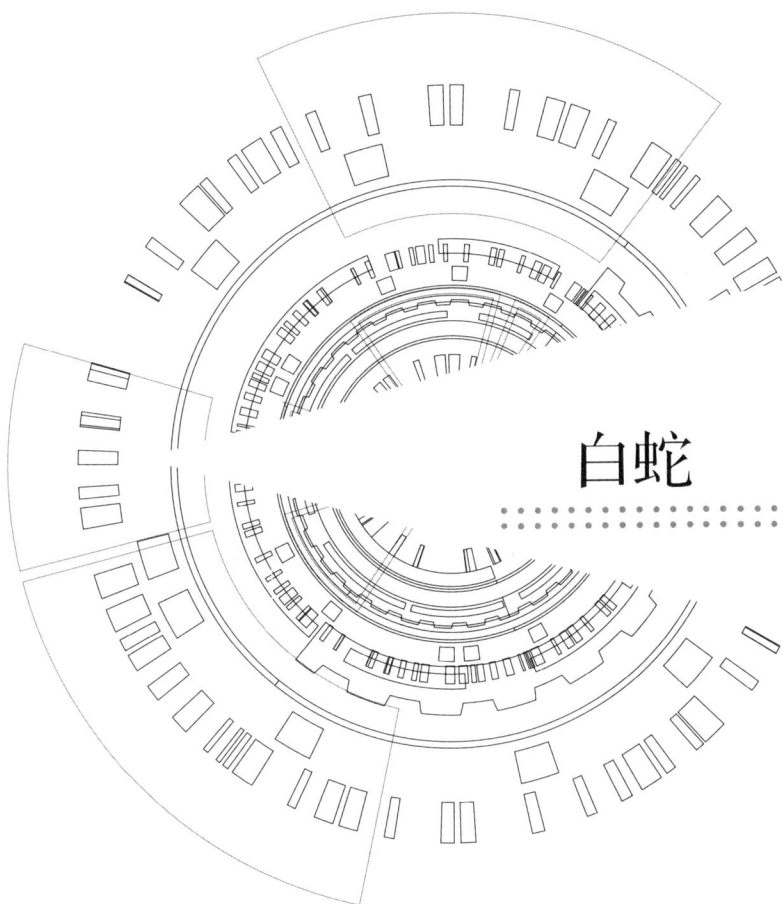

白蛇

写在前面的话

发件人：凌晨[lingchen@popsoft.com.cn]

发送时间：2007年11月24日 12：34

收件人：小鸟[xiao niao@popsoft.com.cn]

主题：推荐这篇稿件给你们。

小鸟：

你好。

上次成都见面，你嘱咐我若有好的稿件就向你推荐。你知道我在《大众软件》杂志负责"游戏剧场"栏目，专门从事游戏小说的编辑工作，而很多游戏小说其实就是奇幻小说。这篇《白蛇》，是我看到的比较有特色的小说，值得向你推荐。但小说中涉及一些真实的人物，难道小说并非虚构？我曾经向小说中涉及的真人进行求证，他们表示绝没有经历过小说所讲述的故事，也从来不认识小说的作者。而且如果他们有小说中的经历，他们绝对不会让故事这样发展……但我发现，他们无一人能讲清楚在小说故事发生的时间里，自己的所在和所为……究竟这是虚构的小说还是来自真实历史的报告，只好请你来做判断了。

这位作者是E-mail投稿，稿件中没有留下任何他的联络方式，我给他的回复邮件全都被退了回来，至今我也没有和他取得联系。但他邮件中留言由我来全权处理他的稿件。因他小说的篇幅与题材，都不适合"游戏剧场"，我便决定向你推荐。而且你们与全国的奇幻作者联系密切，也许能够找到这位作者，澄清他文中故事的真相。

　　小说见附件。

　　祝　工作愉快

凌晨

附文：凌晨日记（摘选）

2007年8月5日　炎热

　　《大众软件》"游戏剧场"专用投稿信箱收到5篇投稿，一一浏览，《白蛇》倒是一篇不错的稿子，但对于栏目来说太长了。还有，小说中涉及了一些真实的人物，难道小说并非虚构？回复作者邮件，希望可以得到他详细的联络方式，进一步讨论这篇小说。

2007年8月7日　多云

　　给《白蛇》作者的邮件被服务器退了回来。再次阅读《白蛇》，发现作者在第19页上留言，请我全权处理这篇稿件。这作者人间蒸发了吗？

2007年8月10日　雨没有下来，天气又晴起来

　　文舟、秋风清回信说，小说都读过了，他们绝没有经历过小说所讲述的故事，也从来不认识小说的作者。如果他们真有小说中的经历，他们绝对不会让故事这样发展。整整6个月，他们都在闭关给成都的奇幻大会赶稿子。

　　但牙晓记得她确实建议过文舟"不宜出行"，时间与小说上描述的差不多。

　　请一位熟悉的文学网站编辑帮忙联络雪见。

红发是谁？问了一圈MSN上的奇幻达人，他们都不记得有位同行染过一头红发。这个人才是作者的虚构？或者，他把发色染回来了？

2007年8月14日　老天终于洒下三两滴雨

将《白蛇》推荐给《奇幻世界》编辑，也许他们可以采用。

雪见联络上了。MSN上传《白蛇》给她看，她笑得花枝乱颤，当时就在MSN上召唤文舟，问人家愿不愿意收她做妹妹。

可惜柳文杨已经仙逝，读不到这篇小说。他在小说中扮演"大神"，算是作者对他的一份敬意吧。

我对《奇幻世界》编辑说，"小说如果出版，我要焚烧一本，以祭柳文杨。"

楔子

咸涩的液体灌进我的鼻子和嘴，是西湖啤酒？不不，啤酒哪有那么难喝的，而且劲儿这么大，拖动我的整个身体往下坠，手脚像是捆了秤砣，那个沉啊……使劲儿睁开眼睛，那些咸涩的液体便汹涌而来，糊在眼皮上。我急忙闭上眼，但眼眶里填满的液体刺痛了眼球。眼底视神经扯动，一阵阵酸麻传入大脑。我恍然醒悟——我是在大海里！白蛇、小青、法海，这些混蛋把我给扔下船了。我拨动四肢，游泳我明明很娴熟的，但这水为什么划不动呢。我又冷又倦，我要沉下去了，沉下去变成一具尸体，明早漂浮在海面上。

我怎么会落到如此地步？

文舟你这家伙，你可要负责任啊！我没有写完的《梦游大宋》，你就替我续写完吧。然后用我的名字发表，得了稿费捐给我家乡的希望小学……

我挣扎着，居然分开海水抬起头来，吐出一口咸湿的海水和一条斑马条纹的小鱼儿。晨曦正在东方闪耀，海平面上没有一丝大宋船队的踪影。事实的真相只有一个——一定是昨晚他们把我灌醉后扔下了船。这些过河拆桥的家伙，这些千年不死的幽灵，我诅咒你们……我没有落点的双脚使劲儿摆动，又把自个儿拖了下去。

我会死吗？

文舟，都是你害的，我要是变成海鬼，一定不会放过你。

等我死了变成海鬼，我就顺着洋流游回中国去找你。文舟，你等着……

——赵昚

第一折　断桥雨

第一场　醉酒

14周前，北京。

夜。元大都酒吧街。

红粉酒吧。

　　我不确信我有没有醉，反正左手边那个红头发满脸青春痘的家伙是醉了。他正使劲儿往墙上画的一扇窗户上撞，试图撞开跳出去，也许只是为了呼吸几口新鲜空气。我想拦住他，但我的胳膊软软的没有气力，而且他在我眼前总是重影儿。

　　房间很大，音乐很吵。我们三人一群，五人一伙，扎堆儿吞云吐雾。到处是窃窃私语，到处是随时会撞在一起的毛刺脑袋，某种不安而躁动的情绪在人们脸上传递，似乎这一屋子人正要制造一个阴谋。

　　比如现在蹙眉看着我的文舟，就仿佛别有用心。此人我略闻其名，无缘相识，直到这次奇幻杂志的笔会，才如此近距离地坐在一起。三个小时前我对文舟私生活的了解与我对埃塞俄比亚的了解程度等同，简单一个词概括就是"无知"。三个小时后，我知道了他正在构思的庞大文学世界中的一个片段，他即将出版的一本书的两点纠纷，他那叫"粥粉"的粉丝对他极度崇拜所表现的三件小事情，以及他时好时坏的四五桩桃花运。文舟从抽象的铅字变成我眼前真实的血肉之躯，原来他不过也是我等有七情六欲之凡夫俗子，这颇令我愉快。我频频向他敬酒，酒量好得不似我名字前被冠以的"杭州奇幻作家"头衔。

　　"嗨，我是东北人。上有天堂下有苏杭，所以我就去杭州混了呗。"我开怀大笑，环顾周围的大老爷们儿，一个个都是奇幻小说圈里的神人、奇人。他们的脸在那里摇晃，触手可及。我默念他们的名字，忽然想到一位我喜欢的作家，能见到他是我参加这次笔会的重要动机。

　　"柳文杨没来吗？"我问文舟。

　　"噢，你知道他？"文舟眼睛一亮，"柳大可是好久没发表作品了。"

　　"我就是因为他的惊奇档案才写都市恐怖的，一直想见见他，请他签名。"我丝毫没有做作的意思，句句大实话。

"他说要是身体状况允许就来，可最后还是不行，脑瘤，眼睛看不见了。他不能来挺遗憾的。"文舟说，轻轻叹气，见我和身旁几人的神色一沉，便转换语气，安慰众人，"不过医生说瘤子是良性的，切除了好好休养，应该没事儿，视力也能恢复。明年笔会咱们一定能见到他。"

文舟是个长相讨人喜欢的小伙子，健谈、和善、亲切，对我这个所谓新人没有任何架子，而且他居然记得我的笔名"五文钱"，连着说出我在网络连载的好几部小说，这更增加了我和他碰杯的频率。

文舟的好友秋风清试图劝酒，他是写武侠小说的，偶尔也写奇幻小说换换口味。他端详我片刻，便询问我名字的来历。

"是个酒牌。博古叶子上的，郑虔，五文钱。"我很高兴有机会掉这段文字，"骑驴三十年，坐客寒无毡。近有苏司业，时时与酒钱。"吟罢与周围人一一碰杯，觥筹交错，好生过瘾。

秋风清笑道："你做郑五钱，谁为苏司业？"那么偏僻的博古叶子，他居然知道，我顿时佩服得五体投地。没别的，再喝一杯！秋风清躲着我的酒杯，本来白净的脸庞更白了，使劲儿摆手。

"都是兄弟，说什么钱不钱的。"酒吧老板听到"钱"字，走过来，那姿态好像他才是这次笔会的主人，杂志编辑倒像个跑堂的前后不停地张罗。老板拍拍文舟的肩膀："舟子，你上个月不是要去杭州住上一阵子吗，怎么就回来了？没带个杭州美女回来？"

"别提这个了！"文舟放下酒杯，神情沮丧，"我去了一周病了三天，好不容易有精神逛了趟西湖断桥，还崴了脚。"

我摇头，这运气还真不是谁都能撞上的，文舟你该去买彩票。据说上周杭州福利彩票开出了一个800万的大奖！800万呀……我要是有这钱我还去文学网站混什么专栏VIP，我自己只管去加勒比海晒太阳好了，没准儿还能拐个美女什么的。

"……后来就下起了雨，那天雨奇大，还有雹子。"文舟忽然的重音打断了我的遐想，我不得不从阳光明媚的加勒比海回到这灯光阴暗的酒吧里来。

"不会吧，就因为你拍了一下那棵老柳树？"酒吧老板一脸别忽悠我的表情，完全不信。

文舟的目光再次落在我身上，这次的目光明显颇含深意。他的声音听起来仿佛是从酒瓶底部发出来的，有种沉闷的回声："没别的解释了，我去过气象台调查。在我拍树前整个杭州城一块云都没有。"

"可是……你一拍……它就下雨……"红发喃喃重复，傻傻地笑，身子重心不稳，从椅子里一个倒栽葱直直摔到地板上，脑袋"哐当"砸着坚硬的大理石踢脚线。他却不喊疼，含糊而快乐地叫："你以为你是……白蛇娘娘……"

白蛇娘娘……不对不对，这里面有什么东西不对。我顶住文舟老辣的目光，坚决地反击："断桥那边没有老柳树，一棵都没有！"

"你肯定？"酒吧老板的表情瞬间严肃。

我点头："当然！我在杭州生活了4年，闭着眼睛都能绕西湖走一圈。"

"是生活在杭州乡下吧。"有人讥笑。

文舟却十分平静，似乎早就预料我会反驳："但我遇到的也是事实。"

两周前，文舟终于从岳王庙附近的青年旅舍床上爬起来，去了慕名已

久的西湖断桥。他从桥头走到桥尾，又从桥尾走到桥头，拒绝了若干小贩
推销的旅游纪念品，帮若干游客照了合照或者单人照，被春天的骄阳晒得
半死，忽然看到桥西头一棵粗大半枯的柳树横亘在湖面上，仿佛一把天然
的座椅，他顿时觉得脚乏腰松，便爬上树休息。如果不是一位老妇人走过
来，文舟不会觉得那树有丝毫诡异。但那老妇人偏偏走过来，鹤皮鸡颜，
皂衣盘髻，小脚微颤。文舟看了心里直打鼓，琢磨这位老人家该有一百岁
了，怎么也跑到断桥上来踏青？正胡思乱想间，那老妇人到了他面前，半
仰头望着他。文舟坐在树上，被老妇人盯得很不自在，隐约间还闻到了卫
生球的味道。

　　"断桥桥不断，残雪雪未残。"老妇人开口说道，嗓音嘶哑，很是难
听。文舟不明白，她又说，再说，重复三四遍。文舟才醒悟是对自己说
的，苦笑道："老奶奶，您这是什么意思？我完全不明白。"

　　那老妇人在树下徘徊两圈，冲文舟道："后生，你拍拍头上大树杈的
第三个瘤结。"

　　文舟四顾，果然头顶树杈分枝处有多个瘤结。"从哪边数第三个？"
他问。

　　"下边往上！"

　　那瘤结形状若蛇，盘踞树干之上，蛇身、蛇头、蛇须、蛇牙俱全，栩
栩如生。文舟甚至有错觉，自己这一巴掌拍下去，便会有条蛇从树皮中跳
脱而出，化作蛟龙腾空飞去。这一巴掌，是拍还是不拍？

　　当然文舟拍下去了，于是风起云涌，飞沙走石，花团锦簇缎子样的西
湖，刹那间天昏地暗若堕地狱。

　　文舟仓皇奔下树去，他昨天还在发烧，怕再淋了雨会得肺炎。文舟想

拉老奶奶一起避雨，那老奶奶却突然不见了，像她的出现一样突然。

"我回到住处一点点回想当时情景，真是越想越奇怪。"文舟说，"可惜我没带相机。"

众人面面相觑，酒吧中静寂片刻，一粒灰尘落地的声音都能够听到。

"我的脚，"文舟又补充，"就是跳下树时崴的，到现在还疼。"

我将杯中的酒汁一饮而尽，空杯子扔到地上。我指着文舟，嗓子眼里发出被酒精沸腾了的尖利声音："你写奇幻小说写昏了？跑西湖边上编故事！你该去检查一下神经是否正常了。"

这无礼的话就像炸弹，顿时引起一片剧烈的喧哗。但我只看到文舟脸上掠过的一丝怜悯，便晃晃悠悠向红发扑过去。四周景物飞速旋转，直到我终于什么都看不见。

第二场　雪见

13周前，北京至杭州Z9次火车上。

晨。9号软卧车厢。

凌晨5点钟我醒了。夜灯柔和地照射出四壁的轮廓，狭窄的空间里以最节约的方式设置了上下铺和桌子，这是在火车上。

我有些恍惚，我怎么又在火车上了呢。我是去北京参加奇幻杂志笔会的，但我记得我只买到了硬座票，一路上都在玩游戏机，我怎么会睡在这里？

文舟！他意味深长地看着我……西湖断桥、老妇人和枯柳树……是我昨夜的梦吗？

我腾地翻身坐起。"啪"一声，天花板上的大灯亮了。映入我眼帘的是一头鲜亮的红发。那哥们儿也睡上铺，撑起半个身子望着我。"五钱，你记忆力真那么可靠？"他问，"我可是赌你赢啊！"

五钱？啊，是比五文钱更顺口。好吧，反正名字都是代号。但是"赌"——这个字让我从胃部开始不爽，我想起麻将桌上永不承认会失败的父亲，是他的好赌让我最后不得不依靠卖文为生，而我曾经那么的前途远大……

"五钱，"红发看我神思恍惚，叫我，"你怎么了？"

"红毛儿，我和谁打赌？"

"嘿，你昨晚上没吃什么不干净的东西吧？！"红发满脸困惑，"是你和文舟打赌那棵枯柳树还在不在。那天晚上红粉酒吧，我们都听见了，我们也都选定了支持者，我是站你这边的！"

"你肯定文舟说得不对？"我斜瞥他一眼，跳下床，微微颠簸的火车有种不确定的虚幻感。我记起我是怎样醉倒在红粉的地板上，有些人怎样和秋风清激烈争吵，然后所有人都卷进了毫无证据却唾沫横飞的辩解中，直到开始卷袖子砸酒瓶子。那时候文舟才开口道："我们打个赌吧。"

赌那棵枯柳树是不是存在，赌文舟有没有在编故事，赌我对前辈的轻蔑应不应该？我躺在酒吧的大理石地板上，抬手胡乱嚷："赌就赌，文大你说拿什么赌！"原来我骨子里真正流动的是我老爸好赌的血。

于是我就在这返回杭州的火车上了。红发和秋风清作为双方的证人陪同前往。文舟当然和我一起。酒桌上的玩笑会变成一件正经八百的事情，是因为另有一家奇幻杂志要在杭州开笔会。既然和北京这个笔会邀请的是同一批人，大家理所当然地认为这会议的目的完全是为了成就我们的柳树之赌。

我俯视下铺文舟的身影，但该他睡觉的地方却躺着一个女孩子。没错，娇小玲珑的女孩子，顶多只有20岁，严严实实裹在被子里熟睡，自来卷的长发蓬松地搭在肩膀上。女孩子那长长翕动的睫毛，微微上扬的秀眉，还有坚挺小巧的鼻子和弧度优雅的红唇，吸引了我的视线。有好几分钟，我一动不动地看着她。

"那是文大的干妹妹雪见，你可别乱想。"红发低喝。

"我哪有乱想，只是雪见为什么在这里？"雪见是穿越文的后起之秀，据说其文点击率已经上了某文学网站排行榜，据说很矜持、很高傲、很排斥异性。可现在，这小丫头毫不忌讳和三个大男人共眠一室，居然还睡得如此香甜。

红发脸上的疑惑变成鄙视："你真有失忆症？五钱，你要是赌不赢玩失忆我可饶不了你。你忘了吗——文大的发小要结婚，非拉他做伴郎，他来不了，雪见替他，见雪见如见文舟老大。"

我记得，我怎么会忘记，当雪见从文舟背后现身的瞬间，我惊心动魄到要找借口溜掉。她明艳照人，她清澈纯洁，她活泼俏丽……她美得我无法直视，只有低下头，注视她的影子，精神才能稍稍松弛。

后来我一直想告诉雪见，我其实并不是要文舟难堪，那天晚上我和文舟处得挺好，我只是有点醉了，而且我在杭州住了好几年，我对那个城市相当有发言权。但我说不出口，哪怕坐在雪见身旁我都说不出口，没法子，我离她一近就开始失语。

"这丫头来，是要逼我弃赌啊。"我无可奈何地说。

红发沉思几秒，很郑重地提醒我："五钱，追雪见的人有一个加强连。你，放弃吧。"

第三场　初探

12周前，杭州。

日。西湖断桥。

桥东康熙御题景碑亭。

昨夜小雨洗刷过后，西湖分外水碧山青。20世纪翻建的拱形断桥（其实本名叫段家桥，不知道何时开始传成了断桥）古朴秀雅，与这湖光山色相映生辉。白堤孤山环绕的内西湖，今日一片春色，引得游人兴奋莫名，一路上到处打听断桥在哪里。回答了四五十次后，我着实累了，很想扛块牌子大书"此乃断桥"站到拱桥上去。但秋风清拦住了我，他认为我们最好保持低调。因此我只好站在碑亭外，继续向"迷路"的人澄清断桥并不是真的断了桥。

红发则端着他的尼康单反，脚底下安了轮子似的四处走动，一脸特别陶醉的样子。秋风清坐在亭子上不紧不慢地喝水，似乎要喝上一辈子。只有雪见，踱到我身旁，冷笑："你现在满意了？"

"我也想证明文大正确，很可惜我没有证据。"我回答道，力争不卑不亢。和雪见相处好几天后，我才能够正视她，并且稳住了声音。其实小姑娘谈不上傲慢，只是被宠坏了，说话有点不知轻重，而且丝毫不懂待人接物。家境优越的独生孩子一般都有这毛病，我理解。要不是我老爸赌掉了房子、车子和工作，我的脾气性格也该和她差不多。现在她写闲淡散漫的穿越言情文，我写紧张惊险的都市恐怖小说，同样在网络上依靠点击率赚银子，但她赚的是零花钱，我赚的却是生活费，差距很大。

"文哥不会错的！"雪见固执地说，跺脚，"一定是我们没找到！"

"我们已经在湖边找了三个小时，断桥更是来来回回走了四遍。我都被当做活路标了。雪见，那是一棵货真价实可以爬上去乘凉休息的柳树，我们是正常视力的人类，看不到只能说明它不存在。"我第N遍解释。

"也许文大记错位置了，他那阶段状态不好，而且那天又是大雨又是崴脚什么的，他发生了记忆差错那也是可能的。"红发听见我们的谈话，插嘴。他真是我这边儿的吗？不会是我的对头派来的吧？

"不会，文哥不会记错，除非……"雪见微微皱眉。美女就是美女，连愁苦的神情都那么好看。

"除非什么？"红发追问。

"除非当时发生了一些异常情况，时空场之间有一种扭曲……"雪见喃喃自语，半是回答半是宽慰自己。我和红发却已经笑倒，果然是穿越系的当家红人，三句话不离本行。

"接下来，就见时空的震荡中走出一个白衣女子，那是正在寻觅许仙的白素贞。"我接过雪见的话。

"可白素贞是谁？"红发不解。

"笨死！就是白蛇啊，水漫金山寺的白蛇娘娘！"我瞪他。

"噢，和法海斗法的那个！"红发恍然大悟、吐舌，"可惜千年修行，一动凡心就全毁了。"

"你懂什么。白娘子有情有爱，有仁有意，那才是修行千年的真髓！"雪见不满。

此时断桥上行人络绎不绝，断桥下湖水涟漪，山青天蓝，花红柳绿，好一派暮春风光。身旁还有雪见这样的美女，又赢了文舟这个老前辈，幸福生活啊！我打心底里觉得愉快。雪见和红发的争论仿佛轻风从我耳侧掠过，不留痕迹。

"小青妹你且慢举龙泉宝剑，叫官人莫要怕细听我言。素贞我本不是凡间女，妻原是峨眉山上一蛇仙，都只为思凡把山下，与青妹来到了西湖边……"这是京剧《白蛇传》里最脍炙人口的一段。我早死的娘亲很喜欢，把一盘磁带生生听烂了。我对杭州的向往大概就是从她听唱时的专注开始的。

若非许仙借伞，白娘子怎能结下这千古奇缘？说起来杭州绢伞做工精致，历史悠久，我要不要买上一把送给雪见？可是这晴空万里的天气，送伞似乎没什么道理，万一雪见忌讳"伞"同"散"谐音，那我岂不是搬起石头砸自己的脚？

胡思乱想间，人群中忽然射来一道犀利的目光。那目光刺在我脸上，脸皮就火辣辣烧着了似的疼痛。我捂住脸，但捂不住痛楚，愤恨地寻找那目光的主人——她正瞧着我，鹤发鸡颜、皂衣盘髻、小脚微颤。

她迎着我的愤怒，竟然欢笑，牵动脸上纵横交错的褶皱，那表情甚是诡异。

我一时发愣，呆呆看着她，看她拄着松木龙头拐杖，一步一步从我面前经过。看她端详我的眼睛，那其中又是怜惜、又是喜悦、又是怨责的光芒瞬起瞬灭。

难道，我在某时某刻见过她？

人群挟带她往桥那边走。她离我越来越远，只有一股子樟脑球的味道留了下来。

樟脑球！卫生球！那不是一种东西嘛！

那老妇人在树下徘徊两圈，冲文舟道："后生，你拍拍头上大树杈第三个瘤结。"

"天啊！"我惊叫，"快追！"便冲了过去。她走得不快，我只要分开人群，就能抓住她的臂膀。

人很多，男男女女老老少少拥挤在一起，拦住我的去路。我分开一对情侣，绕过一辆婴儿车，冲散四个连体儿般手牵手的中学生，扰乱了一家正在合影留念的东北人……她离得越来越近了，但是我追不上她。

倒是红发、雪见以及秋风清追上了我。"怎么回事？"秋风清一边大步流星地跑，一边拧紧旅行水壶的盖子，动作从容，完全不似我这般慌张惊恐。

"她！"我指着3米开外正在行走的妇人，"就是她！"

"什么她？"红发大口喘气，"哪个她？"

"让文大拍树的那个人。"我加快脚步，没道理啊，我一大小伙子追不上老太太。

"啊！"雪见的惊呼甚是欢快，"我就说那柳树在的！"

这时候我一门心思追那老太太，柳树什么的无暇考虑。我越跑越快，没意识到周围的景物正在变化。我只想证明一个常识：小伙子确实比老太太跑得快，我一辈子的自信感、荣誉感全靠这支撑着了。

我们跑下了断桥，往北山路方向追去。阳光渐渐黯淡，人群渐渐稀少，道路渐渐曲折，我们浑然不觉。任由脚步跟着那老太太跑向未知之地。

第四场　惊柳

时间同上。杭州。

西湖断桥附近。

老太太不见了，就在我视野之中融化了。我写了三年都市惊险恐怖小说，从不相信世界上有不能解释的怪事，但这时候却有种心悸的感觉：我确信我是牢牢盯着那老太太的，但我面前，只有绿荫花丛，浩渺湖波。

我四下环顾，一顾彷徨，二顾茫然，三顾——我看见那棵柳树了，就在我身边，斜斜伸进湖水之中：主干苍老，枝杈散乱，树瘤从根部一疙瘩一疙瘩生长上去。文舟说的就是这棵柳树，错不了的。树干上留着他的脚印，也许他坐的位置还有余温。我放慢脚步，轻轻靠近树身。

红发却刹不住冲势，硬生生撞向树干，那棵树躲闪了一下。没错儿，树干柔软地往后缩了一尺，我看得很清楚。红发没撞上树，半个身子就要掉到湖里去。一蓬柳枝立刻缠住了他的腰和腿，将他吊起，他暂时安全了。

秋风清下意识地后退两步，拦住雪见，很是警惕。

"柳树！"雪见欢叫，"文哥没编故事！五钱，你输掉了。"

"这树刚才不存在！"我生气。断桥就在柳树后面不远的湖面上，看距离我们绝对搜寻过这里。

"你什么意思？"红发头朝下看着我。他是游戏撰稿人，对泰伯利亚之战尤为钟情，但不擅长解谜。

"那个老太太带我们来它才出现的。"雪见绽放的笑容令我不快，我的情绪有些激动，"我没输，平时断桥边根本就没有这棵树。"

"那你能说这树是假的吗？"雪见反驳。她想靠近柳树，但被秋风清制止了。

"我怀疑。"我跳上树干。树的质感、气味，还有坚硬程度，都和普通的柳树没有两样。我跺脚，来回跑跳，柳树沉默着，完全没有刚才闪躲挪腾的灵活劲儿。

"你要的证据就在你脚下，可你不承认。"雪见冷笑，"是男人就愿赌服输。"

"文舟拍那柳树就会下雨，这棵行吗？"那些树瘤形状各异，但没有一个长得像蛇，我逐一拍打，喊叫："下雨，下雨啊，魔法还是妖术，你这棵柳树都使出来！"

老柳树一点反应都没有。

"下雨啊！"我狂叫，怒得想一把火烧了它。男人的面子啊！

我在树干上奔跑，吊住红发的柳枝便不停摇晃，红发吓得连声喊："放我下来，五钱！先放我下来！"我陷于疯狂的情绪中，只顾着拍打树上的瘤结，根本不理会红发的呼喊。秋风清放开雪见，走到湖边，试着去拉那些柳枝。细嫩的柳树枝条发出断裂的声音。红发的呼喊一下子终止了，声音中充满惊恐："秋兄，你慢点……慢……我不会游泳……"

秋风清放开柳枝，叫我："五钱，先救人要紧！"

我扭头要下树，脚打滑，险些摔倒，多亏我反应快，一把抱紧树干。树皮上的苔藓蹭了一手。"老柳树，有什么事情你冲我来，和他们没关系！"我叫道，侧目，一个蛇状树瘤赫然就在我齐肩位置上。

那瘤结形状若蛇，盘踞树干之上，蛇身蛇头蛇须蛇牙俱全，栩栩如生。文舟甚至有错觉，自己这一巴掌拍下去，便会有条蛇从树皮中跳脱而出，化作蛟龙腾空飞去。

这一巴掌，是拍还是不拍？

我才不管那么多，脚踩实了，探过身去，左臂抡圆了，便向那树瘤拍打下去。

有几秒钟，天地宁静。

文舟当时一定在发烧，哈哈。这句话已经到我的嘴边。

轰隆隆——雷声在我头顶炸开，迅即扩散到四方。雷声中，柳树不安地震动，扭曲，变形。我来不及喊"小心"，就被震得双手脱离树干，身子跌跌撞撞往下滑。眼角的余光瞥见红发在空中摇晃，手脚徒然想抓住什么东西固定自己，但是除了空气他什么也没抓住。

一瞬间我便被抛到了地面上，地面正在颠簸。秋风清与雪见摔倒在地。我上前扶起他们，大喊："快走！"

"你朋友呢？"秋风清指指半空中的红发，问。

我焦急："先别管他，快走！这柳树成精了。"

"这怎么行？"雪见正气凛然，"我们不能只顾自己。"

"自己先活下来才救得了别人。"我说，拉住雪见就往外跑。雪见不肯动，水葱样纤细的手指在我掌心挣扎。

雷声更猛烈了，空中乌云密布，电光闪闪。那柳树的枝条抽动着，飞舞着，状若发狂。树干底部也在摇晃，周围的土壤都松动了。我毫不怀疑，这柳树随时都可能连根拔起，变成活生生的柳树金刚置我们于死地。

"他说得对。"秋风清此时站在了我这一边，"雪见，我们先到安全的地方再说。"

但是已经没有安全的地方了，大雨挟带着豆子大小的冰雹狂泻下来，砸在我们身上，雨水有明显的腐蚀性，衣服沾上就冒出白烟，皮肤碰了更是红肿一片。我真后悔没有带伞，不及细想，脱下上衣挡在雪见头顶。

"快走！"一贯从容的秋风清也不由得急喊。我们三个互相扶持着往断桥那边跑。那柳树忽然伸出一根枝条，抽打在我们身上，我们躲避开。但另一根枝条又呼啸而至。柳树的枝条漫天都是，我们逃不及，被它拖住脚踝卷起，抛向湖水。

还好，我会游泳。"雪见，抓牢我！"我用尽气力喊，整个人已经被甩到半空。红发、秋风清、雪见和我一样在半空里翻滚。

湖水翻腾着，如恶兽张开巨嘴，大雨倾盆。

"雪见——"我叫，"我输了。"

雪见望向我，长发在空中飘散开来，如一朵黑玫瑰。

我该不该告诉她我喜欢她？

也许，那会是我生命中最后的一句话。

第五场　孤舟

时间同上。杭州。

外西湖中。

有什么东西拍打着我的脸。一个粗砾的声音喊道："醒醒！醒醒！"

我还活着？我还活着！我立刻睁开双眼。

映入眼帘的是一张核桃表皮般的图画，若不是其中晶亮的一双眸子闪动，我无论如何不相信那是人类的脸。一旦明白我头顶上80厘米处的那个东西确实是人脸，我就没来由地一阵恶心，赶紧别转头去以防呕吐。

"年轻人，身体这么不结实。"粗砾的声音说，是那张脸发出来的。我往后缩，直到后背抵住一堵墙壁，才不得不正视他。

错了，是她。就是断桥上害我狂追的那位老妇人，正端详着我。

"他们呢？"周围是狭小的空间，没有第三个人存在，我不由得担心。

"都好好的，没事。"老妇人回答。

这话不足以让我安心，我继续问："我在哪里？"

"船上。"对方回答得简明扼要。

是的，当我们在半空中打滚，被雨水和柳条抽打的时候，的确有一艘小船从波涛汹涌中驶过来靠近我们。我恰好摔落在小船的舱板上，昏死过去。

伴随回忆的是一阵阵的头疼，我得了脑震荡？我抚摸头部，还好，没有出血也没有肿块。

"我要见同伴们。"我强调，希望雪见他们几人安全。

"他们不在这里。这里只有你和我。"老妇人平静地说。

我又想呕吐了，看来还是有些轻微脑震荡。我爬起身跌跌撞撞往外走。门没锁，一推就开了，狂风暴雨扑面而来。我抓紧门框，保持住了平衡。四周烟雾茫茫，孤山只余模糊的轮廓。我脚下的小舟如一片柳叶，随时将被这西湖的波涛吞没。

印象中，西湖从未有过这般大雨，也从未有过这般大浪。我退后使劲关上门，满肚子的疑惑要找那老妇人问清。但船舱里忽然温暖起来，矮桌上便携式煤气炉正煨着一锅好汤，炉子四周，摆了五六个盘子，都是本地特色菜。我这几年吃惯了的，一闻味道就知道俱是正宗老字号的好货：宋嫂鱼羹、杭州鸡卷、腊肉干笋、荷叶粉蒸肉、蟹酿橙、西湖莼菜汤、火腿笋干老鸭面。那老妇人示意我在炉前坐下，从酒壶里倒出一杯黄酒递给我。杯暖酒温，正可以祛寒消乏。

"年轻人，酒足饭饱才能思考。"她说，自己也倒了杯酒喝下，"你有很多问题，我也有，但我们为什么要饿着肚子谈话呢。"

她说得有道理，而且酒香扑鼻，我可以不吃饭，但不能不喝酒。好吧，豁出去了，就算要死也不能做饿死鬼啊。我拿起筷子，风卷残云般，片刻就将那桌饭菜收拾得一干二净，喝了二十多杯酒。那个酒壶里的酒似乎永远也不会倒完。

"好了，我吃完了。"我抹抹唇角，"女士优先，您先问。"

老妇人点头，大袖一卷，桌子、炉子、锅子、盘子便无踪影。地板上只余一盏马灯，火焰静静地在玻璃罩中燃烧着，发出温暖平和的光。"你叫什么名字？"她的第一个问题平淡无奇。

"五文钱，有时候朋友为了顺口，也叫我五钱。"

老妇人摇头，表示不明白："有这样的名字？"

嗨，瞧我这习惯，五文钱是网上的ID啊，我生活中户口簿身份证上的名字不叫这个，"叫赵眘。"我笑，就着杯中的残酒，在地板上写下这两个字，一边解释："眘字就是谨慎的意思，书面语言，不查字典没人会念这个字。"

老妇人盯着我的名字，有几秒钟我怀疑她是否识字，但她点头，并且仔细端详我，年迈的眼睛中充满智慧。"为什么取这个名字？"她又问。

为什么取这个名字？我也这样问过父亲。父亲说，是爷爷翻看字典翻出来的，没别的典故。爷爷看到这个字便拍案："好字！不会有重名的！"我的大号就这样决定下来。

"就这样？"老妇人似乎有些意外。

"就这样，"我耸肩，"这个昚字给我带来的麻烦可不少，没几个人认识。我曾经想改成谨慎的慎字，但那字笔画太多了，麻烦。"

"你爷爷没有给你留下什么关于名字的事情吗？或者，你的经历里有什么特别印象深刻的地方，关于你的名字，你的出生，你的童年和少年时代？"

我记事的时候爷爷已经死了，而我的父亲是一个赌徒，他甚至拿我的大学录取通知书去赌，并且理所当然的手气背了一把输掉了，于是我隔壁考试从不及格的某人就顶了我的名字去念书。我不知道某人是如何蒙混过关的，反正他已经拿了文凭毕业，在一家政府机关里逍遥快活。"你绝不能赌！"妈妈临终前拉着我的手说，"你要照顾好妹妹！"

"你有妹妹？"老妇人打断我的回忆。

"还是孪生妹妹，已经读博士了，帅吧！"我得意扬扬地说。老妹是我甜蜜的负担，为了她的吃穿用度我心甘情愿码字卖文。

老妇人脸上的表情有些微妙的变化，我看不大清楚，但我能感受到她的失望。她说："我暂时没有问题了，你问吧。"

我的问题太多了，以至于我不知该先问哪一个。风声雨声涛声，己事家事友事，此时纠缠在我困惑的心里。等我终于开口，我的问题同样平淡无奇，我问："您是谁？"

第六场　解惑

12周前。北京。

午。东郊文舟住处。

"她是谁？"红发沉不住气，急急追问我，"这一路上你都不肯说究竟发生了什么事情，要见到文大才讲。现在当文大面，你倒是讲啊，别大喘气行不！"

我望向文舟，他整个人都陷在宜家舒服的单人沙发里，看不出有什么异常表情，倒是素来沉稳的秋风清，认真的眼神透着紧张。

"雪见呢？"屋子里缺少一个美丽的身影，让我不太愉快。

"我让她在家好好休息。她被雨淋得够呛。"秋风清说，"上飞机就开始发烧。"

"下飞机时她说好了。"向雪见要电话、MSN、QQ都没有成功，这丫头似乎对我有了成见，隐匿得无影无踪。

"精神上不大好。"秋风清斟酌字句，"她不想再写穿越文了。"

小姑娘受很大刺激呢。也是，我在船上胡吃海塞的时候我的同伴们却被湖水冲到了湖滨路附近，惊动110派警车把他们送回酒店。半路上他们强烈要求警车绕道断桥，然后他们就看见艳阳晴空下的断桥，还有桥头的绿荫花丛。

不是每场风雨都会带来时空扭曲的穿越机会，我想雪见因此一定恨死我。整个归途她没有和我说过一句话，不肯正眼瞧我。下次遇到穿越机会我一定让给这小妮子，绝不和她抢。问题是，我不还好好地和她在一个时空吗，她生的哪疙瘩闲气呢。

"呵呵，本来穿越就是臆想。别跑题，五钱，你快说，那老太太究竟是谁？"红发推我，打断我对雪见的遐想。

"文大，我和你的打赌你只赢了一半，"我却转向文舟说，"你的故事并不全是真的。"

文舟点头："你既然见到那老太太，我那故事哪些部分是编的，哪些部分是真的，一想就都明白了。"

"是的，我起初以为很明白，但后来又有点不明白。飞机上我还在想，整个赌局会不会都是你设计的？"我停顿几秒。这可是在文舟的家中，要真和文舟闹翻，秋风清肯定是站文舟那头的，至于红发会不会帮我难说，我多少会吃点亏。可不揭出文舟的底儿，这家伙在奇幻圈里还吆五喝六的。罢了罢了，男子汉大丈夫不带缩头缩脑的。"文大，我也做了调查，你说的那家杭州的青年旅舍，根本就没有你的住宿登记，附近的旅馆也没有。"

"用我本名调查的？"文舟问。

"当然是你的本名。有人证实你拍柳树的那天其实正在坝上草原跑马。更别说气象台那几天正检查，不对公众开放。文大，你根本没去杭州却编了这么个故事来算计我！你觉得你有意思吗？"

"但确实有那个老太太存在，这我没骗你。"文舟坦然，"那天之前我根本不认识她，也不知道会认识你。我讲那个故事，只是想试探会不会有人对断桥发生兴趣。"

"文舟，"这回轮到秋风清迷惑了，"你早知道那柳树不是常态存在的？"

"不，我不知道。实际上我根本没去断桥。"文舟拍拍秋风清的肩膀，温和而诚挚地说，"抱歉，我编了一小段故事。我当时坝上骑马崴了脚，脚肿得像馒头，站着都钻心，只好躺在房间里，哪儿也去不成。你知道我房间一开窗就是草原和草原上的海子，特别美的景色。我就坐在窗边看风景，看着看着睡过去了。我梦到断桥，桥边的枯杨柳，还有那个老妇人。我梦见滂沱的雨。那老妇人抚着我的头，不停地说——你不是那个人，不是……就像母亲在寻找失散多年的儿子，或者恋人寻找背弃的情侣。老秋你认识我这么久了，你知道的，我最受不了人家哭哭啼啼，伤春悲秋。我就和老太太讲你找什么人我帮你，网络上的人肉引擎很厉害的说。"

文舟喝口水，继续叙述："老太太说，她要找的人可能样子变化很大了，她只有他的一副小像，可以给我做个参考。然后我就醒了，发现桌子上放着这个。"他从身旁的书架上抽出一副卷轴，小心拉开，平铺在茶几上。

这是一张精裱的工笔人物画，时间太久远，墨迹都已模糊，但画中人物依然栩栩如生：锦衣蟒袍，华冠玉带，面含春风。众人围上前观看，8只眼睛，慢慢有6只转向我。

"真有那么点像。"秋风清捻着他下巴上并不存在的胡须说。

"简直就是一个人。"红发附和，"怪不得文大你那天晚上一个劲儿挑唆五钱——啊，呸，瞧我这张破嘴，怎么是挑唆呢，是您激将来着。"

我惶恐，我怎么就和这画中人一模一样呢，那老太太可并没有提及这件事。

"不算激将法吧，我没想那么多。那天酒吧里的光线不好，五钱长什么样子我就没看清楚。而且，此前我对这幅画的来历一直不那么确定。"文舟说，"听了五钱的遭遇，才敢确信，也才放心把这东西给你们大家看。"说到这里，文舟有些孩子气地得意，"咱虽然写的是奇幻小说，但咱现实生活中可是脚踏实地，从不故弄玄虚。"

"这幅画上有什么蹊跷吗？除了这画中人和五钱模样相同之外。"秋风清问。

"嗯，你们去杭州后，我就拿这画找了几位国画界老前辈，还有一些收藏家，仔细鉴定。最后还用了碳14检测年代，"文舟摩挲着画纸，"结论是，这画的时间应该在1186～1188年的淳熙年间，误差范围不会超过两年。那时中国是南宋王朝，皇帝为宋孝宗，就是画上这个人。"

"这个人是皇帝？"我的声音有些颤抖，"你肯定？"

"肯定。"文舟点头，玩笑道，"这画现在可值钱了，卖了够我后半辈子舒舒服服养老。"

"你的意思是我和宋朝的一个皇帝长得很像。"我可笑不出来。转世投胎、灵魂附体、思维互换那是雪见姑娘穿越系的道具，我的都市恐怖小说里从来不用，而且我只写因为心理问题而产生的恐惧，说白了就是自个儿吓唬自个儿引发的戏剧性冲突。我厌恶道："文舟，我不觉得这能说明什么问题。"

"说明有些离奇的事情可能会在你身上发生。就像你真的遇见了枯柳树。"文舟卷起画轴，补充道，"不过宋孝宗赵昚算是个有作为的皇帝，他的历史记载很详细，没什么离奇之处。"

我一激灵："等等，那皇帝叫什么？"

"赵昚。"文舟随手拿起一本现代汉语词典，翻到最后的王朝年表，递到我手里，"睿是个生僻字。"

赵睿。宋孝宗的名字。

我觉得我在流汗，此时语言已经不足以形容我此刻的感受。我全部的神经都在颤抖，呜咽，然后脱水般蜷缩。我的听觉、嗅觉、视觉、味觉、触觉都在丧失，以至于耳边红发的声音都变得那么虚无缥缈。红发执着地、不依不饶地问："那个引你去爬柳树后来又救了你的老太太，她到底是谁？"

我还剩下最后一根神经在工作，勉强支撑着声带的振动，竭力把每个字说清楚："她叫自己白素贞。"

第二折　宝塔裂

第一场　话蛇

11周前。周二。北京。

晚。北京火车站附近如家快捷酒店，1232号房间。

房间里冷气开到17℃，但我仍觉得热。红发素性脱了上衣，蛇一样盘踞在我床上，这让我不舒服。最近几天我一直在研究蛇这种古老的动物，看见一条花领带我都能联想到剧毒的金环蛇。我试图将红发拽起来，但他嘟囔说："让我再舒服一会儿吧，到杭州谁知道还会发生什么。"我便无言以对。

理顺西湖事件的来龙去脉后，我和文舟尽量求同存异，本着解决问题的实事求是态度面对未来。我们忙于为二赴杭州做准备。秋风清则包揽了后勤事务，他是我见过的做饭最好的男生；还兼代对外联络，巧妙地制造了文舟同学正在闭关赶稿子的舆论。至于红发，他要不发呆，要不就是试验文舟的游戏机和游戏盘。鉴于他对我毫无帮助，我试图将他打发到别的地方去，但这小子喜欢文大书房中的沙发床，说什么都不愿意离开。"好歹我从一开始就是你的证人，大丈夫做事要有始有终！"他理直气壮，我也就随便他了，不过警告是少不了的："别以为我是去度假，这以后会发生什么事情谁也不知道。""知道！你这男人忒啰唆了。"他不屑地给我一个白眼，继续沉溺于网络游戏之中。

白素贞没有告诉我那棵枯柳树为什么会控制天气，也没有说明她和枯柳树是怎样合谋制造出一个特定对象才能发现的结界。倒是我在听她报出名号后半晌痴呆，被吓得不轻。我打心眼里不喜欢民间传说变成事实真相这种情节，哪怕那条蠕动的浑身湿淋淋滑不溜手的千年老蛇变成了一位千娇百媚的青春美女，我还是不喜欢。老太太大概是见惯了人们对她名字的反应，于是请我不要将民间传说与真实的历史混为一谈，《白蛇传》中的白素贞和她半点关系都没有。人大概都常这样此地无银三百两，她越是这么解释，我越是怀疑她和那位白蛇娘娘之间的真实关系。

白素贞拒绝回答我她的年龄职业等包含个人信息可以澄清她与蛇妖无关的问题，她只是说我也许可以帮她做一些事情，我个人当然会从中得到好处，但这些事情有相当的危险性，不过话说回来我还不一定能帮上这个忙。白奶奶要我回家仔细考虑然后答复她，时间是本周四——月圆之夜，地点是断桥之西。

简单的事件中往往含有复杂性，白奶奶为了"也许"能帮忙的一个年轻人，又是托梦给文舟提示，又是赠画，又是老柳树现身，还附赠一场大雨，设置这些吃力不讨好基本上只有一个观众的场景，成本太高了。

因而可以肯定，白素贞要找的那个人就是我。我与她的皇帝同名同貌，除了相差800年，我们酷似孪生兄弟。费那么多心机，无非为了保证找到的这个人是正主儿。只是这样判断的话，那老太太的岁数怎么都要上千岁了。她如何延长自己的寿命，她是人还是妖，都成了疑问。

"不管如何这是个奇怪的机会，我单是听了都想去。"文舟不屑我的疑惑，"何况我们奇幻小说家的任务，就是要给平凡的生活多开几扇奇异的门窗，好让大家经常惊奇一下，多一点生活的乐趣和动力。真碰到奇怪的事情自己却不敢上，让粉丝知道太丢脸了。"

"我有粉丝吗？"我想不到还要为粉丝负责任。我觉得看我书的网友有一多半是无聊，另一小半是被题目和介绍的噱头忽悠了去点击的。不为了消磨时间谁会看我那些闭门造车编造的故事，拿自个儿的心脏承受能力开涮。

"粉丝都还有粉丝呢，上网不抱大腿不抢沙发还怎么混。"文舟踢我的屁股，"再有两小时火车就开了，你休想给我打退堂鼓。"

如果没有《白蛇传》，"白素贞"只是一个最普通不过的女性名字，就和英国女人叫玛丽、德国女人叫爱玛、日本女人叫芳子一样。然而白蛇摇身一变，却变成良家妇女，还选中这般普通却天然透着贤良淑德品性的女性名字，把面子上的蛇魅、骨子里的妖性统统隐藏，见人端庄典雅、落落大方，也能举案齐眉下厨房上厅堂。但妖终归是妖，喝了雄黄酒会现出原形；恼得很了，也会凶悍地水漫金山寺。只要自己痛快淋漓，哪管他一城百姓生离死别？

所以白素贞是好人还是邪怪，全看你站在什么立场上说话。

有趣的是，白素贞并非一成不变的民间人物。她是从蛇图腾文化中提炼出来，应历史需求屡屡被加工，面貌几度篡改，经历越来越丰富，最终成为一条"名蛇"，在各种文本和视频里赚尽善男信女的眼泪。

最早的白蛇故事，据考证，出自南宋《清平山堂话本》中的《西湖三塔记》：临安府年轻的奚宣赞，救了迷路的少女白卯奴（其实是鸡妖），因而见到了少女的母亲白衣少妇（就是后来大名鼎鼎的白蛇），还有少女的祖母黑衣老太婆（比较少有的妖怪品种：獭妖）。自然是那少妇颇有姿色，奚宣赞经受不住诱惑，与其同居了半个月，险遭杀害。具体何种谋害方式没有交代，但都半个月了还没有下手，这妖怪似乎也不是太坏，幸而被山卯奴救出。后来三妖被道士收服，镇压在三潭印月的三座石塔下面。

也有考证指出，白蛇的故事发生的年代还要更早，在唐代就有《白蛇记》了：唐宪宗元和二年，陇西盐铁使李逊的侄子李黄在长安市东遇到一位身穿白色孝服十分美貌的少妇，顿时色心大动。这位李公子对少妇频献殷勤，借钱给她购买新衣，还跟着到了少妇家中。少妇家人青姨（有点青蛇的影子了）大概觉得李公子年少多金，便怂恿少妇答应。于是李公子进了少妇内室，一住就是三天，和少妇吃喝玩乐逍遥快活。第四天李公子回到自己家中，只觉得头重脚轻，一下子瘫倒在床。李公子在被褥里的身体竟逐渐消融，最后只余一摊血水和一颗头颅。这事情太诡异了，李公子的家人就去寻找那少妇的住处，却只见一座荒芜的园子。园子里就只有一棵孤零零的皂荚树。住在附近的人揭发，树上常盘踞着一条巨大的白蛇，李公子的家人这才知道白衣少妇原来是蛇妖。

相比较之下，同是传说，南宋《夷坚志》中的蛇精故事就没有这么血腥：丹阳孙姓男子娶一妻，容貌姣好，喜穿素衫。此妇衣衫用红线相系，每次洗澡都要用好几层帷幕遮挡着，不让婢女伺候。有一天孙某微醉，便从帷隙间往里看，啊呀我的妈呀——一条巨蛇盘在浴盆内。孙某大惊失色，从此快快成疾，没过新年就死掉了。

我觉得孙太太很冤，她已经完全脱离了蛇性，连人都不吃了，却仅仅因为洗澡的时候露出真身吓死了丈夫，便也被归入有害蛇妖行列，可怜。

"也没什么可怜，谁让它们好好的蛇不做偏要做人。做人也就罢了，还偏偏要做女人，要嫁给男人，这不是找事儿这是什么。"红发颇坚决地打击我的同情心，"天作孽犹可活，自作孽不可活。"

"这话要是给穿越系的美女们听到可有你受的，整个儿一女权歧视。"我笑，世上只有人堕落为兽，哪有真蛇蜕变成人，一切不过是借蛇言人而已。

于是在言情小说家笔下，蛇妖化作美女与凡间男子相恋，百折不挠，成就"千年等一回"的爱情传奇。

崇尚现实主义者则给这故事装饰上市井色彩：那与蛇相恋的男子有了"许仙"的名字，借伞、开药铺、过端午节，蛇妖的小孩儿还要考状元。

而弹词艺人作《绣像义妖传》唱本28卷53回，浪漫地用苏州弹词传唱这段故事，书中的白娘子善良多情、疾恶如仇，表现了当时市民阶层的趣味和道德观念。

就连宗教也来凑热闹：道家根据"蛇神崇拜"的民俗传统，研究出白蛇来自道家圣地峨眉山，为报许仙前世搭救之恩才化身为人，投入红尘，所谓"夙债根深，恩爱相连"；佛家将白娘子立为反面典型，是她"遇着许仙，春心荡漾，按捺不住"酿出这一段风流孽缘，惹祸生端，最终被法海"降妖伏魔"，一切到头皆是虚空，正所谓色即是空，空即是色；儒家则竭力塑造白娘子这一"异类"在人伦礼仪教化下，如何成为世间理想的淑女贤妇，并最终得成正统，做了状元的娘。

一部《白蛇传》，世态百种情。

不知道我的白蛇故事，又会有怎样一番情景。

我正神游于800年间白蛇演变的历史之中，雪见忽然跟着秋风清来了。小姑娘今天穿一条雪纺制的白底红花及膝连衣裙，腰部系了大大的蝴蝶结，越发衬出纤腰美腿，体态轻盈。我立马精神起来，招呼她："雪见，你病好了？"

雪见瞪我，依然没好脸色，径直奔文舟去，语气欢快："文大，我搞定家里了，他们许我再去杭州。"

文舟扶正他并不歪斜的眼镜："这次可能会有真正的危险，你去不好。"

"谁说的，我去才好。我找牙大大算过了的。"雪见摇晃文舟的胳膊，很孩子气地撒泼，"她说我去了才可能诸事顺利，倒是你不应该去，会出问题。"

她的动作太可爱了，我看得简直要入迷，迟了几秒才反应过来。我问整理着一堆食品和饮料的秋风清："牙大大是谁？"

"牙晓。"秋风清皱眉，装玉米肠的网兜在他手上打结，勒得皮肤上现出细红的痕迹，他似乎没有知觉。"那是京城奇幻地里的半仙。"他看文舟，又瞧瞧雪见，有些犹豫，"牙大原话怎么说？"

"舟缓则柳暗可遇花明。"雪见说，"这是命运的指示，你们就从了吧。"

第二场 二探

11周前。周六。杭州。

晚。杭州西湖断桥边。

观景亭。

文舟的好奇心和对粉丝的责任感，被一位叫牙晓的女人用一句话就碎成齑粉，我觉得这无论如何是件荒谬的事情。文舟似乎也是这么想，歪头笑笑，一点也没有把牙仙的话当真的意思。但是在酒店门口他再次崴了脚，痛得几乎站不住，可眼瞅着火车就要开了。文舟简直是咬牙切齿地将火车票递到眉开眼笑的雪见手里，然后打车直奔医院。火车开动两小时后，我们接到他的短消息，他居然被检查出急性肠胃炎！

这件事情太诡异了，牙晓是进行了心理暗示还是真的预见到了天命？我真想见见叫牙晓的这个女人，占卜一下我此趟旅行的吉凶。但雪见说牙大大从不给陌生人算命，尤其是陌生的男人；而且牙大大最近都很忙，而且牙大大很久都没有给人算命了——窥视天机是要耗费心力的，透露天机更是要承担蝴蝶效应的种种不可预测的后果的。你知道蝴蝶效应吧？任何一点微小的改动都可能引起系统的混乱，咱们这边蝴蝶扇动翅膀的次数增加，最后系统效应就可能反应在美国中部的干旱加剧。雪见说了这一大堆，话语忽然貌似不经意地一转：“反正文大不来就好了，你有多大危险他都会搭救你。”

我眼前一亮，这小姑娘对我的成见终于消失了，不再只当我是华丽的背景 。“那就太谢谢了。”我忙说。

雪见瞪我，噘嘴：“我是为了文大好，你沾他的光，你明白不？”

“明白明白。”我小鸡啄米般点头，“但我还是要谢谢你肯代替文大来。”

“我不是替他，我是自己要搞明白。”雪见收回给我的白眼，神情坚定地强调，“我不想白淋一场大雨。”

说这话时我们已经站在湖边的观景亭里。已经很晚了，白日熙熙攘攘的断桥寂寥无人，初夏的湖风中有莲叶清爽的味道。

“我们等三天了，什么也没见到，你确信那老太太没有骗你？”红发挠挠他蓬乱的头发，点着今天晚上的第五根烟。

“周四晚上多云，没出月亮。”我乱猜。这理由牵强附会，但只能如此想，难道我在这里的遭遇仅仅是一场幻觉？不，不会，没有那么真切的幻觉，何况我从来现实，从不叽叽歪歪白日做梦。

“也许是我们不该出现。”秋风清说。他倚亭柱，着唐衫，持一把洒金草书折扇，颇有几分宋明游侠之风采。比较起来，我和红发衣冠不整得简直就像街头要饭的乞丐。“毕竟白素贞找的只是你。”他补充道。

“可她也没说不让带同伴啊。”我心烦。莫非老太太遇到不测？她花了那么大功夫布局，怎么可能事到临头却放弃？

雪见不知道接谁的电话，“扑哧”笑了，回头见我们几个大男人面面相觑，连忙说：“也许白老太太的计时系统和我们的不一样。谁知道呢。"

"雪见，"我有点担忧，"我们说好了事情没有最后水落石出前，不能透露给别人。"

"当然没有了。我是那种信口开河的人吗？我朋友说他们那边今年大旱，老鼠都在搬家，一群群的声势可大了，招来不少蛇、鹰、狐狸呢。"雪见辩解道。

红发被烟呛到，连连咳嗽，忍不住笑："白老太太去捉鼠了？呵呵，五钱你还不顶老鼠重要。"

"瞎说。"我没好气，看看手机，"要是12点没人来我们就走。我也不来了，白老太太的事情爱怎么着就怎么着吧。"

"还有一刻钟。"红发嘻嘻哈哈，"基本上没戏。五钱你还是老老实实把我们的火车票报销了，算是赔偿我们被柳树打的损失。以后我们就既往不咎，绝不和你纠缠此事。"

"我还以为大家都是想破解白蛇之谜才跟来的，你就不能有点为科学献身的精神？"我可怜巴巴地问。

红发一巴掌拍我肩头上，震得我五脏六腑都颤。

"算了，算了，"秋风清那边劝道，"大家都少说一句吧。这么等下去也不是办法，我们还是先回酒店好了。"

"12点，12点就走。"我盯着手机上的荧光数字说。

我们议论着，没有注意到湖面悠悠生起朦胧的水汽，就仿佛有只看不见的大手，拉起了一层层的帷幔，要把夜一点点包裹起来。水汽渐渐浓重，覆盖在皮肤上，皮肤潮湿而冰凉，仿佛有什么东西正在滑过。

"蛇！"雪见惊叫，跳脚。我们的强光手电筒照过去，她身上什么异物都没有。

"确实像蛇。"红发皱眉，拍打身体，抖动肩膀，但那种被黏稠的液体糊住皮肤毛孔的感觉，却怎么也甩不掉。

我能体会，因为我正被这感觉纠缠着，我呼吸不畅，心绪不宁。很久以前，有一条蛇这样爬到我身上来过，它嘶嘶作响，吐着猩红的蛇信子，一寸寸一寸寸，不慌不忙蠕动，在我皮肤上留下黏滑的体液。

太恶心了。我转过头去，被水汽隔开的湖波只有微微的轮廓，诱惑着我跳进漆黑的未知，一了人世的苦痛。

秋风清一把拽住我。不等我开口诉说内心痛苦，他就已经敲敲耳朵，说："听！"

从极远的地方，隐隐约约有钟声传来。一声，两声，闷而不涩，响而不噪，应该是寺庙的钟声，但哪个寺院会在此时击钟？

水汽骤然抖散，随着钟声四处零落，最终都变成水珠落回湖水之中。湖水重新清澈明亮，月光均匀地洒满湖面，仿佛是给这天然镜子再涂一层白银。湖水中的月亮，灿若银盆。

我急忙抬头，果然满月在天，丰盈圆润。

"白老太太这次该现身了！"我说，"大家留心。"留心什么呢，我也不知道。我们设想过种种的可能，但由于没有任何经验可借鉴，所有的可能最后全被逻辑这东西拍死了。对超自然和异常现象最可靠的准备是找两个有超自然力的同伴，可惜，偏偏这种人我们一个都不认识。那些惯常说自己通天眼、会气功的人，即便是我们写惯奇幻小说的人都不敢相信他，何况来此真枪实弹对付一个将近千年修为的"蛇妖"——我们唯一的准备就是抽签，看谁去挨蛇那一咬，以便在蛇毒作用和自身潜质激发下升级为白蛇侠，好与蜘蛛侠、蝙蝠侠媲美。呵呵，这当然是个冷笑话，但我抽中了那张黑桃A。

"五钱，你表现的机会到了。"果然红发兴高采烈地怂恿，"你现在应该走出亭子，大声呼喊白素贞，那老太太就会从树林里飞出来。"

"触发点在哪里？"我瞥他，都什么时候了还游戏呢，老子从来不玩"韩国游戏"。

"嘘。"秋风清的食指在嘴边做了个姿势，示意我们不要说话。

钟声颇有节奏，不急不慢地敲着，36响后忽然停住。

天地寂寥。

雪见缩到我身后，一只手忽然抓住我的手臂，指甲掐进我的皮肤中。真疼，不如让蛇牙咬一口，我侧头看她，勉强笑道："没事，白老太太让我来，不会是因为缺少一顿夜宵。"

亭子上面有轻微的响动，雪见脸色瞬间更是洁白。

呼啦啦，瓦片与落叶齐坠，我条件反射般转身护住雪见，只觉后背上小风嗖嗖，灰土哗哗。

"抱歉，让诸位久等了。"一个干涩而机械的声音说。

雪见从我怀中抬起头，眼睛一亮："她终于来了。"

"真是不靠谱的老太太，"我说，回身，"您可让我们等了不少时间……"我顿住了，亭前瓦砾堆上站着的并不是白老太太，而是，而是——我不知道怎么形容这个生物，如果一定要用生物来称呼它的话。我更愿意称它为一种装置，用竹篾、铜片、铅块、木条、丝线等零碎胡乱拼凑出来的一种半人高装置。

这装置显然是从亭子顶上滚下来的，半个亭子顶都被它压垮了。但看上去它并没有多少重量，能达到这种破坏效果我实在是想不通。

"白娘子让我来接引你们。"那装置毫不理会我们错愕的表情，"你等随我来。"

我们没有动。那装置轻摆它的"头"，样子有点急躁，"赶快走，法海要来了。"

好极了，我就知道这故事里面不能缺少法海。我都想为它的这句台词鼓掌了。但秋风清说："我们怎知你就是白娘子的人？还需一个凭证才好。"

装置发出呼噜噜的声音，向前一步。一根红丝线从它身体的某处轻巧飞出，扎在我的手腕上，瞬间打了一个蝴蝶结。装置随后说道："你叫赵昚，有个孪生妹妹。"

够了，我妹子的事情对文舟他们都不曾说起。我笑："不错，我们和你去。白娘子现在何处？"

那装置道："随我来。"便纵身向湖中跳去。

红发吐舌："我在这湖里游过泳了。滋味可不咋样。"

我与秋风清交换眼色，高声道："我等水性不佳，恐怕随不得。"

那装置却还不住催促："快点快点，法海要来了。"

雪见探头向湖里瞧瞧："呀，没事，我们跟它去吧。"我一把没拉住，她抬腿跳下去了。

秋风清忙将手电筒转过去：那装置稳稳停在湖水上面，以它为半径两米见方的湖水都硬化了，和它连接成一个牢固的平台。雪见站在台子上，长发微拂，双眸若星。

"这到底是个什么玩意儿啊。"红发嘟囔，跳到台子上。

"鄙人许四十，非玩意儿也。"那装置回答道，异常严肃。

许四十载着我们在湖水中平稳滑行。夜半的西湖，我们如小小的飞鸟，撩动月色。这个时候，我忽然喉咙痒，便小声哼唱起来："我的家在东北松花江上，那里有森林煤矿，还有那满山遍野的大豆高粱……"说来离开东北老家已经十年，辗转了五六个城市，我才来到这被称为人间天堂的杭州，并且一住就是四年，这是冥冥中命运的牵引吗？

"我不相信命运。"身边的雪见忽然低声说，似乎洞穿了我的心肺，"任何事情都有前因后果，平白无故的不会产生时空漏洞。"

"那你还相信牙晓的话？"有时候，我真是搞不懂女人的想法。

雪见斜睨，目光有些调皮："牙大大是很好的心理师呢。嗨，说了你也不懂。"她莞尔一笑。

皎洁月光里有美人笑，真佳景哉，我一时陶醉，便想到我最爱的一种饮料了，伸手到背包里掏出一瓶酒，对嘴喝了一大口。雪见看得目瞪口呆。"要不你也来点？"我笑，雪见慌忙摇头，红发却抢过去仰头喝了个一干二净。

"爽啊！"红发将酒瓶冲台子上一砸，抹抹嘴，"妖魔鬼怪尽管来吧。"

许四十"咯噔"一声，依旧是机械的语调、干涩的声音、严肃的态度，喝道："抓住！"

抓住什么？我刚想发问，从许四十乱七八糟的身体里忽然弹出许多条长软的物件。"抓住！"它语气中多了份不可抗拒的威严。我下意识抓住最近那条物体，那东西黏滑滑的，有种可怕的触感，我试图放手，可是整个手臂都被那东西粘住了，撕扯不开。我急忙看同伴们，雪见和红发在许四十的衍生物里挣扎，秋风清却安然被那东西抱住。

　　注意到我惶恐的表情，秋风清打手势要我安静："许四十一定有他的道理，少安毋躁。"

　　我也很想安静下来，有秋风清这么完美的镇定表现，可是那触感太像蛇了，我想到蛇都会呕吐……被埋藏了很久的童年往事，在此刻那么清晰地浮现，令我重新熟悉对蛇的恐惧与厌恶之感。

　　许四十这时候说："深吸一口气！"我们照做了。

　　它猛然沉下去。硬化的湖水顿时恢复常态，我们一下子被湖水包围了，来不及挣扎，便被许四十拖往湖底。我不敢叫喊，赶紧憋住一口气，腮帮子都要撑破了。我勉强睁开眼睛，夜里的湖水中一片漆黑，根本不知道许四十要去往何方。只有我们扭动卷起的水涡，将柔和而坚韧的水压返还到我们身上，提醒我们周围环境的异常。我们像是水的幽灵，将去炼狱或者末日火山。蛇臂缠绕着我的手臂，那一瞬间我忽然觉得它非常可靠。

　　但也就是一瞬间。因为片刻之后许四十就到了一个地方，湖水从我们身上"哗啦啦"退去了，我闻到干燥的清新的空气，急忙张嘴呼吸，肺部才得以轻松。

　　"你就不能再多提醒我们几句？你要呛死我了你知道不？"红发喘过气后十分愤怒，如果不是还在黑暗之中，我想他是会冲过去将许四十拆个七零八落，至少一顿暴打免不了。

　　不待我挣脱，蛇臂忽然松落。但胳膊上那种滑腻的感觉，很久都不能消失。

　　秋风清拧亮了头灯，黄蜡般温润的灯光，照亮四周的景物。

　　我倒吸一口凉气。

许四十是往湖底沉的，地球是有重力加速度的，西湖底是几次被排空水清淤过的，所以我们运气再好也应该是在一个干燥的泥洞里，被一圈干打垒般的泥墙围着。而刚刚摆脱法海纠缠的白素贞，正蓬头垢面气喘吁吁地藏在泥洞深处，等待我们的到来。

这才符合逻辑。

而不应是这般鲜亮的房间：竹制门窗清爽洁净，黄花梨木的桌椅案榻朴素齐整，丝绣岁寒三友绢屏雅致秀美。敞开的落地门外，到处花团锦簇，日光灼灼，还有荷花池太湖石。池畔架了一个凉棚，棚下摆着一桌热气腾腾的饭菜。

这不对头，太不对头，完全不符合逻辑。我难道是在做梦吗？捏捏身旁的红发，他发出杀猪般的一声惨叫，很真实。这一切竟然是真实的！

白素贞白老太太，穿白色绣梅花丝缎对襟大褂，青蓝色百褶裙，白发在脑后挽个如意髻，贴翠簪玉，体面大方，还透着那么一种独特的气质。她端正地坐在餐桌前的主人座上，倒是我们浑身上下滴淌着泥水，很是不雅。

白老太太起身道："四十，这岂是待客之道，快带客人们更衣去！"

我的逻辑学在白老太太这句话中彻底崩溃了。

第三场　湖底

时间同上。杭州。

夜。白娘子西湖府邸中。

我穿着这辈子的第一件真丝长衫，束手束脚地踱到餐桌前。长衫是

"民国"三十年代式样的，斜襟盘扣下摆开气，柔软、松弛、合体，把我整个人从身体到精神都熨帖得极为舒服。长衫的天青底色上印了小团的暗花，有种儒雅含蓄的气质，这让我油然产生身为一个写作者的庄严感，我大小算是个知识分子啊！

秋风清和红发也陆续走来坐下。秋风清同样着了长衫，但白色织锦的缎子衣料更有挺括感，使他看上去像一位世家子弟，比我多了几分尊贵与矜持。红发却是民国时期的学生装，黑色，立领，衬着他蓬乱的红发，更显桀骜不驯的叛逆。

雪见最后出来，她太漂亮了：玉色湖绉滚宽边的喇叭袖短上衣，配了条粉红湖绉的百褶裙子，衣服四周边沿都镶了桃色绣花的缎子边。两条蓬松的大辫子搭在肩上，她美得如西湖清晨荷花上的水珠，我很难将目光从她身上移开。幸亏红发开口，提醒了我此刻的任务。

红发直横横地说："白老太太您道具设置有问题，怎么能给我们二十世纪二三十年代的服装呢。您可是八百年前宋朝的人，起码也该有点宋朝的样子！"他慷慨激昂的样子，此时给他一把刷子一筒糨糊他准能气势汹汹冲上街刷大标语。

我为什么要带红发来啊！太丢人了啊！我的天啊，快让我人间蒸发吧！

白老太太微笑，并不生气，摆出和蔼可亲的长者姿态："年轻人，谁告诉你我是宋朝人？"

红发一呆，看向我，喃喃道："难道您不是？"

"我可没这么说过。"我慌忙解释，"只是那幅画上的皇帝，文大说是800年前的南宋皇帝。"我望向白老太太，"您在找的人，托文舟找……"

"只有800年前的人才会寻找800年前的人，没人活得了800年。"雪见不耐烦，打断我的话。她和白老太太之间隔着秋风清，此刻就探过身子凑近老太太，极认真地问："您这里是地球上另外一个时空对吧？这个时空里的时间还在800年前，和我们的世界差了800年，没错儿吧？"

白老太太没有回答雪见和红发的问题，她保持着和蔼的微笑，目光徐徐扫过我们每个人的脸，经过秋风清的时候，老太太的目光停住了。"年轻人，"她问，"你没有问题吗？"

"您要五钱帮你做事，他来了。"秋风清忽然停住话，似乎是对面前青花瓷盘里的红焖大虾产生了兴趣。打量这些节肢动物几秒钟后，他才继续说道："我们是五钱的朋友，我们会尽力帮他。"

他这句话很让我感动。我一向以为他们只是好奇凑热闹，视他们为同伴，却不是朋友。朋友在我心目中是太上等的词汇，亲密到能分享成功承担苦痛，可遇不可求。难道我真的撞了好运，一下子就多了好几位朋友？

老太太收起她的笑容，转向我，严厉地说："我并没有让你带朋友来。"

"我朋友那就是我兄弟，我当然得陪着他了。"红发拍胸脯。

"可您也没有不让我带朋友来。"我答道，"再说，我和朋友们还有一个赌，我需要证人。"

"打赌倒是挺有趣的一件事情。"老太太拿起筷子，有点疲倦，"吃点东西吧，孩子们，我和你们一样，今天晚上累坏了。"

我们面面相觑。老实说还真有点饿，但在这种环境氛围下，我根本没胃口吃东西。

"吃吧吃吧。"老太太给我们碗里夹菜，尤其是雪见，碗里的鸡鸭鱼肉堆得像座小山。"要听我的故事，没有体力可不行。"老太太说，"许四十只是带你们湖上走了片刻而已。"

我们立刻运筷如飞。

许四十忽然滑行到老太太脚下，发出呼噜呼噜含糊不清的声音。老太太微微蹙眉，起身道："实在抱歉，法海那厮今日纠缠得紧，我先去打发了他。"指指一桌酒菜，"你们别客气，多吃一点。"言罢便与许四十走出了我们的视线。

"哇，这老太太究竟是人是妖哇！"红发轻呼，摇摇手中的酒壶，"这里面的酒倒不完吗？"

"倒不完。"我认出那是前次船中白老太太所用的酒壶，那次我记得喝了20多杯，一坛子的量都有了。

秋风清瞅瞅白老太太消失的方向，低声说道："那个不是许四十，只是很像而已。"

"你怎么看出来的？"雪见问。

"身上少了很多假肢与附件。"秋风清苦笑，"我真不想当他是人。"

"果然英雄所见略同！"我抓住秋风清的手，使劲儿摇动，"刚才我就一直怀疑它是假人。"

雪见惊讶，看看我与秋风清，神情疑惑："假人，不会吧？它会说人话，而且说得很好。"

但红发一拍大腿，他的思维永远在我抓不着的方向："为什么你们不想得再远点，许四十也许是个机器人！"

"机器人！"我们三人惊呼。

"对，机器人，"红发为能把我们震住而得意扬扬，"想想它的表现，想想它有几乎一模一样的同伴，它怎么能不是机器人。"

自从我看见会闪腰的柳树后，我就真的相信这世界上无奇不有了。但我仍然无法想象，甚至都不能假设，在白蛇和许仙的故事里会出现机器人。"你会穿中国盔甲拿AK47吗？"我驳斥红发，"你可以大胆假设，但是你得谨慎求证。"

"而且就算你写的是奇幻小说，也要符合客观生活实际，不能荒谬。"雪见奇迹般地站在我的立场，背教科书般干巴巴地说。

"读者可能会觉得穿盔甲拿AK47很爽，但是评论者们不会这么想。评论者绝不愿意放过你提供的这么好的攻击机会，只要这一个细节他们就足以证明你的想象力匮乏、情节组织能力极差。"秋风清极少肯说这么多话，他夹起一直注视着的那个红焖大虾，"大虾要是鱼香的，你都没机会端上桌子展示你厨艺的精妙。"

"可是，"红发被我们说得有点心虚，结结巴巴道，"在游戏里……这就没什么……"

"那是游戏！"我瞪他，"书面语言要严肃。"

"可是，"这家伙一根筋，"要是……是真的呢？"

"那我欠你一次，你可以叫我做一件事情，只要合情合理合法，我绝不推辞。"

红发瞄着我，咧开嘴笑了："行！这划算。秋哥、雪见，你们可是听见了五钱的话。你们给我做证。"

"那要不是真的呢？"我挤对他。

"那没说的，我听你调遣。"红发拍胸脯，"我认定了，许四十就是机器人！"

我们正没头绪地讨论着，又一个许四十滑行而来，如果不是它头顶有个奇怪的碟状装饰物，它外观上与许四十没有任何分别。但它比许四十小了不止一半，一看就是个袖珍的赝品，因此我们看着它溜到雪见凳子下好一会儿后才决定关注它。这东西发出奇怪的哼哼声，滚出凳子，腾空而起，在饭桌上方盘旋几圈，随即向荷花池飘去。

"你们瞧，"红发得意，"这家伙飞行轨迹机械呆板，绝对是编程运行。"

雪见无意红发与我的争执，女人现实起来真缺乏浪漫情调，她们还总说自己为浪漫而生存。在我们三个大男人仔细观察赝品的飞行姿态和轨迹时，雪见那丫头却问："它到底要干吗？"

仿佛是为了呼应她，那赝品轻巧地做了个直角掉头，飞转回来，再次盘旋在饭桌上。然后，它又向荷花池飞过去。如此重复三四次。

"我想，"秋风清终于说，"它是希望我们跟它走。"

这个我也看出来了，"赝品"就像一条乖巧的小狗，要行使引路的任务。但我不想动，我对白老太太这套厌倦了，要么她亲自过来就在这里向我们解释事情原委，要么我就回去，反正我是不想动了。

可另外三个家伙按捺不住，都已经起身。那"赝品"发出轻快的胡哨声。"快点！"红发催促。我还想抗拒，雪见轻拉我的衣袖，"走吧，"她说，"我想看看荷花池里有什么。"

我能拒绝女人吗？

荷花池边有台阶，"赝品"示意我们顺台阶下去。我们就走下去，慢慢踩到池水。池水升腾，蒸发为薄薄不沾衣襟且闪动珠光的水雾，将我们团团围住。我们在这雾气中走下去，看到纵横盘错雪白的肥藕，一段段排列在黑亮的泥里。绿色的叶茎在藕节上生长，笔直冲向空中，叶茎上微尖的刺间，盘踞着彩色的蜗牛。

这场景让我不舒服，我准备迎接的是古墓般的阴森环境、无名的各种机关陷阱和刺激心脏的偷袭，绝非如此安宁甜美的童话氛围。

"这是一场梦吗？"走在我身边的雪见问。不知不觉中，我握住她的手，她没有再挣脱，就那么一直让我握着。那是纤细温柔的一只小手，有一点冰凉。

"不是梦。"我说，"是一篇小说，你会怎么写下面的情节？"

"见到漂亮的白蛇娘娘。她身上被施的魔法因为我们的到来而解除，恢复了青春美貌。"不待我评价，雪见就摇头，"这太俗套了是吗？我不太明白魔法设置的原则，我只写穿越文，"她蹙眉，"老有人嘲笑我们是换个背景谈情说爱。"

"谈情说爱很重要，开门五件事——车、房、卡、股票和爱情。"我说，"生活必需品。描写生活不正是文艺创作的目的吗？"

"要小心。"秋风清大步超过我们，低声说。我放弃和小姑娘讨论爱情哲学的机会，急急跟上他的脚步。没有路，那"赝品"还在我们前面飞，我们要想跟住它，就只能从莲藕上走过去。莲藕脆而湿滑，在我们脚下咔嚓作响，绽裂开来。我们不得不加快脚步，以免摔进莲藕里变成藕盒馅料。

荷花池底越走越广阔。我们眼前的荷叶茎一根比一根粗壮，逐渐演变成一座森林。圆形的荷叶在我们头顶漂浮，投下大小不一嫩绿、翠绿、青绿的阴影。偶尔，会有一两片粉红的荷花花瓣飘然坠落，挡在我们前面。花瓣松软柔和，散发出馥郁的甜香，令人舒畅。我们踩上去，便情不自禁地想躺下来休息，闭上眼睛放弃思考。

"快走！"秋风清大声喊，他掏出手机，放音乐，是花儿乐队吵闹的"嘻唰唰"。这音乐惊起阴影中的几条大鱼，它们奋力向上方游去，搅动水汽。水汽的漩涡摇晃花瓣，我们慌忙跳到附近的藕节上，这才摆脱了昏沉的情绪。

那"赝品"忽然尖啸，转身撞向我们，我们急忙伏身趴下，"赝品"擦着我们的头皮飞过去。红发刚要破口大骂，秋风清一把捂住他的嘴，示意他安静，因为"赝品"又飞回来了。

一个黑色不规则的影子从我们头顶很远的地方滑过。一种阴郁的绝望的情绪从影子停留的地方传来，我打了个冷战。那是童话世界中的格格巫吗？

"不，那是法海。"白老太太的声音忽然在我的耳边响起。

第四场　缘起

时间同上。杭州。

夜。西湖底。

白老太太依然是那副苍老模样，但她穿了一身黑色的夜行衣，仿佛武林高手。她盘腿坐在一只老鳖的背上，神情疲倦。那老鳖趴在藕丛中，头缩着不见，我一度以为老太太身下的只是一个鳖壳。

"法海是什么？"我们爬上鳖壳后，雪见急不可耐地问。这有点不像她。

"那是个怪物。"老太太说，"他不是人。""赝品"落到她的脚下，哼哼几声，像只小狗那样依偎着她。老太太拍拍它，它便再也不出一声。

"而我是人。"老太太特别看向雪见，"小姑娘你说得对，没有人能活上800年，我也不能。但时间对于我，已经没有任何意义。"她悠然叹气，"我的生命，随时都可以延长或者终结，就像这些莲藕，每一个节点都能够生长新的莲叶、开出艳丽的花朵、结成饱满的莲房，但它也可以埋藏淤泥里千年，将生命封闭起来保存实力。"

红发坐定了，跃跃欲试地就要说话。白老太太做了个手势，红发竟然失语了。

"年轻人，要有耐心。"老太太说，"当然我会尽量简要地说明，劳你们跋涉而来的原因。"

我们立刻正襟端坐，聚精会神，洗耳恭听。

白老太太的目光越过我们的头顶落到空间里某个缥缈的地方，悠长而深远。

我们静静等待着。

"喝茶。"老太太终于开口，慢慢说道。

我算是完完全全被这老太太从精神上打败了。她现在让我去蹚秦始皇陵我都会毫不犹豫答应，死在那陵墓的水银毒气下也好过在这里被她精神折磨而死。

随着老太太的话音，一张小小的茶几落到我们面前，上面摆了一套青釉茶具。那茶壶茶杯明明是瓷制的，却薄如玻璃，荡漾着清亮的茶汤，同样材质的瓷碟里盛放了碧绿的点心，一切都赏心悦目。

红发毫不客气，拿起一块点心就咬。秋风清小心翼翼端起茶杯。雪见却直直盯住老太太，呈现呆滞的被蛊惑了的表情。我则低头端详鳖壳上的花纹，筹思着甲骨文是怎么从这些花纹中诞生的。

"我记得，我第一次见到白素贞的时候，我刚过12岁的生日。"白老太太说，"是的，她也叫白素贞。而那时候，我根本没有名字，就像任何一个女孩子一样，只被称呼为囡囡。如果我以后幸运嫁了人，会得到我丈夫的姓，而我仍然没有名字。那个白素贞已经157岁了，她记得自己的岁数，因为她养了一盆岁岁莲，每年只开一次，每次只开一朵花。每朵花，白素贞都会采下封在琉璃瓶中。她封到第157瓶时，就遇到了我。于是，她决定将自己封存起来，把白素贞的名字以及这名字所拥有的权力都交给我。"白老太太悠然道，"虽然，这意味着我将与世隔绝，从此都只能作为白素贞的延续。"

我不太明白，但雪见却如遭雷击，身子抖了一下。我急忙扶住她。那姑娘说："我可不想做白素贞。"

白老太太摇头："不会，若是赵眘能够放出白蛇，我们所有的白素贞就不必守在这里了。那么，也就不需要继任者了。"

原来这故事里还是有白蛇存在。说的也是，既然眼前的白素贞是人，那么就该另有一条叫白素贞的蛇。

"那时候，我很高兴能够留在这里，即便等待赵眘是那么渺茫，即便有法海时常挑衅，但这里对一个12岁的小女孩儿来说，仍然是天堂。"白老太太继续她的故事，"以前我是吃不饱饭的，我的父母虽然是渔民，但我从来就没有鱼吃，我们很穷，没有衣服穿，没有鞋……我经常领着弟弟到断桥边卖莲藕，运气好的话，可以卖得几个铜子。"老太太陷入遥远的岁月中，"后来弟弟死了，妈妈死了，爸爸也死了。瘟疫让一个村子里都不见活人，我也在发烧。当兵的在村子外面架起柴垛，每个死人都要烧成灰，我害怕，跑啊，一失足，就掉到湖里去了。"

"那是什么时候？"我问。

"民国，多少年来着，"老太太有点恍惚，"对了，那年听说日本人在上海和国军打起来了，学生们还为国军募捐，你们知道是哪年吗？"

我们彼此看看，历史似乎都学得不咋好，对这事件发生的时间不甚清楚。雪见误会了我们的眼神，低声嘟囔："看我干什么，我不是民国穿越派的。要是早上一二百年就好了，清朝的事情我了解。"

"和康熙老头的十七八个阿哥谈情说爱？"我嘲笑，"你们去清朝就干这个吧。"

"你？"雪见窘得说不出话。秋风清瞪我们，示意要安静。

白老太太并不在意我们的争执，继续说道："白素贞救了我，她给我漂亮的衣服还有好吃的点心，她问我愿不愿意代替她，每年岁岁莲开花的时候，到断桥边的大柳树旁，等待赵旉的出现。岁岁莲每年只开一次，每次只开一朵花，时候是错不了的。"

"可是法海很讨厌，法海是不死的。不像白素贞，生命会衰竭会消失。法海讨厌白素贞，要把她赶出西湖去。法海认为，等待和确认赵旉是他的事情，他不需要白素贞。我和他争夺过同一个年轻人，把那个年轻人几乎逼疯了，但他没能够打开蛇冢。另一个年轻人，则干脆骂我是疯子，并且逃之夭夭，再也没有回到西湖来。而我是无法离开西湖去追寻他的，离开这里，我就再也没有任何特权，甚至连我的生命都不能维持。"

"我需要你的帮助，赵昡。这其实也是你的责任，你既然拥有这个相貌这个名字，就应该担当起这个责任。"老太太指着我，很恳切，"你明白吗？"

我咳了一声："可我仍然不明白。您没说清楚什么事情，还有凭什么是我？相貌名字那都是偶然，我看不出这和您的任务之间有必然联系。"

老太太没有斥责我的无礼，她平和地说："我在等一个年轻人，他可能长得像一个人，还可能叫赵昡；也可能既长得像又叫赵昡。但无论是哪种情况，只要他能够拍打老柳树引起下雨，他就是我要找的人。然后，我需要他自愿地答应帮助我，好将他带到蛇冢，打开蛇牢，放出白蛇。"

我问："为什么要自愿呢？"

"就是如此交代我的。"老太太打个响指，红发的喉头发出呼呼的声音，他又能说话了。

红发有一肚子问题，立刻问："上一个白素贞呢，她总该明白啊，您难道没有问过她为什么吗？"

"我不想勉强别人做事——"老太太说，"她这么回答我。"

"可我还是不明白。我为什么一定要放出白蛇，这对我有什么好处呢？换种说法，对谁有好处？"

白老太太愣住，然后说出那天最让我惊骇的话。她说："我从未想过这问题。"

老鳖不知何时伸出了头，缓慢游动。我们稳稳坐在鳖壳上，面对着白老太太。我们以为会从她那里听到或者煽情或者悲壮或者曲折或者血腥的种种往事，揭露一段秘史，颠覆某种理论，但我们听到的却是比小学生作文更通俗简单的陈述。

受不了了，我真是受不了了。但秋风清抓住我的肩膀，提醒道："文舟！"

我仰头，头顶的荷叶与荷花间隙，是幽蓝深邃充满弹性的湖水。我从不曾想象过，西湖另有这番景色。倘若转身而退，恐怕今生再难立足于幻想文学的圈子。

还有雪见，她会怎么看我？她正望着我，但我对上她的目光时，她却将视线转到白老太太那里，问道："倘若我们不去放白蛇呢，会有什么坏处？"

白老太太悠然叹息。我们以为这个问题她也是没有答案的，不料她说："时间太长，那白蛇会怎样不好猜测。还有很多秘密，也就无从让世人知晓。"

红发敲脑门，他神奇地想起了《白蛇传》的剧情："白蛇是法海镇压的，只有她儿子许仕林才能开塔，这和我赵老弟可没什么关系。"

白老太太起身，姿态庄严："《白蛇传》与此事无关。赵眘，你决定吧，蛇冢去还是不去？你是我见到的最有可能打开蛇冢的人。"

雪见、秋风清、红发，三双眼睛盯住我。

我深呼吸，冒险不是我的人生态度，经历了太多的悲欢离合，我只希望余生平安，老死在床上。但此时此地，叫我如何退缩。我终于点头："我去，但您要保证我朋友们的安全。"

白老太太点头："当然。"手中龙头拐杖击打那个赝品，那东西立刻飞到空中，不停旋转，发出"嘶嘶"的声音。

于是，从我们身后某处，悄无声息飞来三个一模一样的"赝品"。四个怪物撞击一下，随即分开，我们每人头顶上都停留了一个。

"许二十四、二十五、二十六和二十七。"白老太太介绍，"一旦有危险，它们会带你们走，把你们送到安全的地方。"

"二十七。"我叫道，头顶的那个东西发出"嘶嘶"声，算作应答。

"好吧，"我挥手，对白老太太说，"我们去蛇冢。"

白老太太点头："我们已经在去蛇冢的路上了。"

这条路上的藕段越来越少，荷叶森林被杂草与各种奇形怪状的石头所代替。老鳖游进一条狭窄的石缝，石壁上镶嵌了许多半透明的东西。老鳖游得近了，才看清那些原来都是瓶子，各种颜色的瓶子，手电光照过去很是晶莹。有的瓶子里盛放干枯的花朵，有的塞满饱满的雪粒，有的收纳了清冽的月光，还有的装了宛若婴儿般大小蜷缩成一团的女人。

"那就是我之前的白素贞们，一共有6位。"白老太太说，指指石壁最上方的鳞隙处，"那里的便是最早的一位白素贞。"

"您刚才的意思好像是说她们没有死，还会复活，对吗？"雪见问。我起身踮脚尖，顺着老太太手指的方向，勉强看到一个个瓶子的轮廓。里面的生物分明都已经是木乃伊，还想复活，那真是成精了。

"生死之间真有那么大的区别吗？"白老太太摇头，"可生可死，无生无死。生亦何欢，死亦何悲。生亦何悲，死亦何欢。"

"她什么意思？"红发悄悄问我，"这老太太别是有神经病吧？"

"她大概是说，白蛇的状态不能确定。你听过'薛定鄂的猫'吗？啊，那个不听说也没什么——"我讨厌不能掌控的事物，指指前方，"我还真有点紧张。"

在我们前方的路上，立着一块石碑。碑上刻了龙飞凤舞的两个大字：蛇冢。

第五场　法海

时间同上。杭州。

夜。西湖底。

蛇冢。

蛇冢附近都是阴森的奇形怪状的白骨，堆叠如山，这没怎么吓着我们。在我们的小说中，比这恐怖阴森一百倍的场景多的是。即便是雪见那谈情说爱的穿越文里，也有不少血淋淋的暴力镜头，何况这样才有一点点符合我们对蛇冢的想象。我唯一不舒服的是静寂——石碑后巨大黝黑的石崖没有丝毫生命的迹象，漠然无声地延伸至远方；湖水停滞在崖壁上，一动不动，吸收着时间与光线。这里仿佛是整个世界的尽头。

那老鳖不慌不忙转到石碑背后停下。它落脚之处，是个方圆数丈的宽敞石台，石台上部开凿了数十级阶梯，通向石崖上的一个凹壁，凹壁里紧闭着一扇拱门。

爬上去打开那扇拱门，我的使命就完成了。似乎是举手之劳。

但秋风清特别警惕地四处张望，根本不相信事情会如此轻而易举地解决。"如果我是法海，就在这里伏击你。这么开阔的地形，你都没地方藏。"秋风清低声对我说，"你跟紧那老太太。"

"那就拜托了。"我读懂他的意思，白老太太和法海纠缠了那么多年，一定有手段对付他。此刻，白老太太正站在台阶下，望着那扇门。我奔过去站到她身旁。

"受人之托，忠人之事。我从没像你们那样有那么多问题。人，是越来越复杂了吗？"白老太太半是自语，半是对我说。

"可能是越来越爱思考了。吃饱喝足后没事儿干呗，现在做什么事情都要花钱，就是动脑子不用，一个键盘，一个显示屏什么都能搞定。"我回答她。

"希望你打开门。"白老太太说，"我已经很老了，不想再去寻找下一任白素贞。"

"好。"我抬脚就往台阶上走。但白老太太并没有动的意思。我停下来等她。

"你去吧。我不能陪你。这是规矩。"

"开门的方法呢？"

"你自然会知道。"

我只好继续。台阶不高，用整条的青石板堆砌，打磨得很平滑。一级一级踏上去，我有种走进历史的感觉。我没有回头，但我感觉得到众人凝结在我后背上的目光。我只是奇怪为什么法海还不来。许二十七如影随形，安静得仿佛一团空气。

片刻，我就站到了那扇拱门前。

门是金属质地，古铜色，极坚硬。门上有七七四十九根金黄色尖锐粗大的门钉，也是金属打造。门与门钉的颜色虽然陈旧，却丝毫未损，想必当年是极辉煌的。没有门环、门墩，也没有门锁之处。门上与门四周，都没有任何文字说明。

我可以打开这扇门吗?

我踩上二尺高的石门槛,踮脚伸臂,小心避开那些钉子,手指尖正好够到拱门顶,那里是坚硬的石头。我仔细检查了一遍,门上门下都没有任何机关。我的相貌,我的名字,在这静默若山的门前没有任何用处。

我回转身,冲平台上的四个人嚷:"我打不开。这门我打不开!"

白老太太伸手拦了拦,但没拦住,红发第一个冲上来。秋风清和雪见随即跟上。那老太太犹豫片刻,也不再等待,小心走在最后。

红发旋风般跑到了我身边,急急问:"有隐藏机关吗?还是我们的道具没拿够?"

我一把抓住他的衣领,要不然他就会鲁莽地撞到门钉上被捅几个窟窿。我顺着他的话说:"道具没找够。你确定一路上的所有妖魔鬼怪我们都谈话激活了?"

红发恍然大悟:"那没有。有些个小鱼小虾我就没去触发。要不我回去再走一遍进程。"

"你拉倒吧你。"我松开他的衣服,"逗你玩呢。这门我是真没辙了,哥儿几个想想办法。"

秋风清三人便又各自将门检查了一遍,依然是什么机关都没有搜索出来。

"是的,我曾经带来过一个青年人,和赵昚的岁数差不多大。"白老太太开始搜索记忆,"那是我唯一带来的人,他长得非常像你,他就是那个差点被法海夺去的人。我和法海,就在这台阶下争论,然后法海说好吧,这功劳是你的,说完就把那青年摔在这门上,把他摔死了。"

我们惊悚。人体重重撞在这七七四十九根尖锐粗大的门钉上,红的血与白的体液混合成溪流，汩汩顺着门钉流淌，肌肤被纵横切开，露出内脏和骨骼……这情形仅仅是想象已够限制级。

"说到底您也不知道怎么开门啊。"雪见有些哭腔，"我们白被您折腾一晚上。"

"他要是能开门，自然门就开了，不需我多费口舌。"白老太太的逻辑还真是自洽得很。

"如果我是这门的设计者，我会选择什么样的开锁方法？"我问秋风清。

秋风清一直被法海什么时候出现这个问题困扰着，有点心不在焉，随口道："最危险的地方最安全，我会将钥匙留在我的敌人那里。"

《白蛇传》里的敌人理所当然只有一个——法海。

"切，法海在哪里还不晓得呢。"红发对秋风清的话嗤之以鼻，"他会来送钥匙——"可是这家伙转瞬就拍额叫好，"嗨，钥匙藏在最终BOSS那里，我怎么会想不到。我们找法海去吧！"

中国有句谚语叫"说曹操曹操就到"。

法海，就像为了证明这句谚语非常准确似的，应声出现在台阶上。

在我对《白蛇传》追本溯源的过程中，也注意到法海的历史变迁。真实的法海，是唐代唐德宗的丞相裴休的儿子，是个得道高僧。资料记载他是胎里素，生下来就不吃荤腥，与众不同。因此裴休就送他出家做头陀。他得其所愿，潜心研究佛法。后来他到了润州也就是今天的镇江，看中金山，要在山上修寺庙。山上有蟒蛇，这法海头陀就到蛇洞里打坐修禅，天天诵念佛经，把蟒蛇给烦跑了。法海清理蛇洞时，发现了蟒蛇藏着的金子，便用这些金子修了寺庙，也就是今天的金山寺。

法海驱蛇的方式属于"文斗"，他的前辈则是"武斗"。这个比法海早80年到金山的和尚，法号灵坦，来到金山后也是住进山洞打坐参禅。一条毒龙也就是巨大的蟒蛇藏在山洞里，经常吐出毒雾，人吸了轻则患病，重则丧生。灵坦依仗佛力斗败毒龙，从此毒雾散去，一座山都太平了。如今洞壁上还刻有"古白龙洞"四个篆字。

可见和尚是不怎么喜欢蛇的。不过蛇妖吃人，和尚驱妖是名正言顺地做善事。《白蛇传》早期的版本，得道高僧镇压了白蛇和青蛇后，留下了四句偈和八句诗。四句偈是预言："西湖水干，江潮不起，雷峰塔倒，白蛇出世。"告诫后人，有朝一日蛇妖还会卷土重来危害众生。八句诗则劝说俗世男女："奉劝世人休爱色，爱色之人被色迷。心正自然邪不扰，身端怎有恶来欺？但看许仙因爱色，带累官司惹是非。不是老僧来救护，白蛇吞下不留些。"这和尚委实不坏。

故事演绎到后来，许宣变成许仙，法海则被妖魔化：不通情理、固执蛮横、一意孤行、傲慢妒忌，是阻拦自由恋爱的封建卫道士，只能躲进蟹壳里避祸。越是现代的版本，越要美化白蛇，就一定要丑化法海。只有李碧华版的《青蛇》，还法海些许人性。

但一个故事里怎么能少了反派，一旦被划定身份，便翻不得身。活该法海倒霉。

现在，这倒霉蛋急急跳到我们背后，着实吓了我们一跳。他身上那种阴郁绝望的情绪立刻通过空气和水雾弥散，搞得我们都很沮丧。红发想到他年近三十还属"三无"人员：无固定工作、无固定住所、无固定女友，便悲从心生，不由得热泪纵横。雪见微微啜泣，她后来反复解释那是因为赵文卓饰演的法海太帅，而真实的法海反差大到她想哭的程度。秋风清则长叹不已，他那时忽然回想起一位老邻居，爱种花爱武术，虽然孤零零住在一个小院里，却也朝对花海夕练拳脚，怡然自得，但开发商拆了他的院子，他的几个儿女又跑回来要他的拆迁款……人生不如意事十之八九。

我就不用说了，我的伤心事绝对只有多的没有少的，光是从老家到杭州这几年的流浪日子就够我唏嘘的了。

许二十七飞起，发出刺耳尖厉的声音。它身体内部像是安装了拖拉机马达，聒噪个不停。雪见第一个捂住耳朵。秋风清从口袋里掏出棉花，把我们的耳朵一一堵住。

世界清静了，我的心情一下子好起来。不管怎么说，我妹妹已经读完硕士现在读博士，我在杭州也租得起房子，还能泛舟西湖喝个小酒什么的。生活不能说最好，但也是一天天在好起来。红发擦干了眼泪，秋风清恢复了平静。雪见则指着法海，笑得弯下了腰。

法海，我能肯定他是法海，是因为他头上扎了宽宽的布带子，上面写着浓黑的四个大字"我是法海"。这位法海身形庞大，横向的。方形脑袋上除了那根引人注目的布带，还有一对方方正正的眼睛和一张方方正正的嘴巴。人长得像个包装箱，模样挺可笑，如果他再穿戴得不伦不类就更添滑稽效果了。法海的穿着，用不伦不类形容都是褒义了。总之，这法海不堪入目。

许二十七已经飞近了他。法海轻轻伸出手拍了一下，就像拍只苍蝇。许二十七"啪"地摔在地上，变成了一堆碎片，发不出丁点儿的声音。

红发与秋风清对视一眼，两人得了口令般同时抢到我和雪见前面，护住我俩。我们头上的许二十四、许二十五和许二十六差点相撞。三个家伙立刻嗡嗡吵嚷着爬升到不同高度。

"法海！"白老太太手中的龙头拐杖敲击着地面，发出沉闷如雷的声音。她大声叫："法海，你忘记规矩了吗？"

"规矩只能一个人上去，他们先坏了规矩。"法海回答。他离我们只有五个台阶，死鱼般的眼睛盯住我们，目光冷酷而坚硬。

"他们都有可能开门，何不让他们试试。"白老太太说。

"那也须一个人一个人的来。"法海不慌不忙踏上一级台阶，"不行的喂王八。"

不知何时，红发手中多了一张尖啸之弓，秋风清则拿了一把软剑。他们盯紧法海的脚步。

"老太太，你说话算数不！你说了保证我朋友的安全。"我大喝。

白老太太吼道："法海，你休得阻挡！"身形忽然跃起，异常灵活，龙头拐直击法海脑后。法海毫不示弱，扭身拔出一只金杵，将龙头拐架在半空。一时间，两个人缠斗起来。冷兵器卷起刺寒凌厉的风。

"我们要稳住。"秋风清掏出耳朵里的棉花，低声道，又问，"钥匙可在法海身上？"

雪见摇头。她腰间的金属探测器已经开到最大探测范围，可是法海身上金属成分太多，根本无法分辨出钥匙在哪里。我凛然一惊，难道这法海是铁做的吗？

"磁盘！"我哆嗦着喊，"快给我。"红发瞬间接好了磁盘的线路，我将它挂到拱门正中的门钉上，定时十五秒。我们闪到门侧石壁外。

"白素贞！"我们大叫。白老太太看见我们从阶梯侧边欲往下走，急问："你们不开门了吗？"我做了个手势，招呼老太太过来。老太太看不大清楚，跳出和法海争斗的圈子。

磁盘接通了。提供这玩意儿的人再三保证它可以在15秒内产生5000千克力的保持力，就算一辆越野车都可以被牢牢吸住30秒。但这是一件没有专利的自制品，而且由于它的供能方式独特，制造者拒绝试用并声明只可使用一次。倘若不是红发对装备尤其是对变态装备有特别的爱好，我们不会带这么不靠谱的东西上路。

现在，磁盘发出轻微的吱吱声。我应声将一支飞镖投向法海，那是磁盘的方向标。

飞镖稳稳扎到法海胸前，法海伸手去抓。

只是一个眨眼的瞬间。

法海已经不在原地。

我们的目光跟随法海，眼见他被吸到了拱门上。七七四十九根尖锐粗壮的金属门钉中起码有二十根贯穿了他的身体。雪见"啊"了一声，捂住眼睛。白老太太叹气，转过身去。红发轻蔑地比了个V字手势。秋风清却仍然一脸肃重。

"这太容易了是吗？法海应该是个高强的对手。"我明白秋风清的想法，我自己也颇感迷惑。

吱吱声消失了。法海在门钉上一寸寸挪动，机不可失，我和秋风清同时奔上前去。

没有血，没有撕裂开的肉体。法海方形的身体在破烂的布片下挣扎，一块一块生硬地蠕动着。他看见我们，僵硬的目光里没有丝毫的痛苦或者愤恨。他平静地说："你们如此是打不开门的。"

可我们没想关心那扇门，我们目光集中在法海几乎没有任何损伤的身体上。终于，我伸出手，触碰他的身体——那是冰凉坚硬的黑色物质，敲之若金属，发出"铛铛"的声音。这法海果然是个铁人，磁盘产生的巨大吸力才能将他牢牢吸在门上。

"你不是人！"我轻呼。白老太太的话是真的。

"人是什么？"法海问。

我愣住。这个看似简单的问题并不容易简单地回答。倒是秋风清手脚麻利，已经将法海浑身搜了个遍。秋风清冲我摇头，不要说钥匙，就是一串佛珠，法海都没有带在身上。

"你若不说出开门的方法，我就永远让你钉在这里。"我威胁道。回过味儿的红发乐颠颠跑过来，很夸张地从行囊里掏出一把电锯，在法海眼前晃动："嗨，快说，要不把你拆卸成八大块。"

法海说："若我知如何开门，我早就开了，何必要等。"他的身体在向外滑，磁盘的力量减弱了。

"难道你不是阻止我们去救白蛇的吗？"我奇怪，"难道你自己也想进去放白蛇？"

"我的责任，就是不让任何事情打扰白蛇。任何事情都不行。"法海点头，"我的责任。"他猛然大喝，生生地将四肢从门钉中拔了出来，跳到地上，没事儿似的抖抖肩膀。他的手上，那只金杵在闪光，他说："敢冒犯白蛇的人，都必须死。"

我瞧瞧磁盘，能量指示灯是枯竭的红色。我们对付不了这个金属的怪物。"白素贞！"我大叫，"法海要杀我。"

白素贞的惊诧并不亚于我们，她走上台阶的步子没有以前那么稳，尽管她的声音竭力保持着平稳："法海，他们既进不去，又何来打扰一说，放了他们吧。"

雪见也走过来，她诧异地看着法海，小心端详着那些钉子。

我按捺不住火气："白素贞！是你要我来的。告诉我你知道的一切，所有的细节！我既然是那个最合适的人，你错过了就再也不会有了！还有你，法海，"我指着他喊，"你少拿死吓唬我们。你一会儿说让进、一会儿说不让进，还有那个什么破烂规矩，你到底是什么东西，你到底有没有准谱儿！"

白素贞说："我也不知道别的了，我一直等待，不迷惑也不思考，没有你那么多复杂的想法。"

法海说："我找的人才能打开门，白素贞你是不行的，只有我找的人才能开门叫醒白蛇，成为驱蛇人。"

"驱蛇人？"这个名词不好，让我脊背上发凉。

"驱蛇人！"法海点头，"这是规矩，而我就是规矩的执行者。"

"那么，"这该死的问题绕一圈又回到原点上，"告诉我如何开这个门。"

法海与白素贞同时摇头，他们是真的不知道。

"设置这门的人，"我无可奈何，向秋风清他们说，"那脑子一定是被门缝压扁过。"

"我想我知道怎么开这个门了。"一旁沉默的雪见忽然开口。

第六场　洞天

时间同上。杭州。

夜。西湖底，蛇冢。

　　22岁的雪见已经写了4年言情小说。事情的开端是她生日那天得了一台笔记本电脑，从此对课堂上教授、讲师们的长篇大论不再有兴趣，天天抱了电脑无线上网。在阅读了无数惊天动地、生离死别、伤春悲秋的爱情小说后，她本着"读书破万卷，下笔如有神"的大无畏实践精神，以"雪见"这笔名写了生平第一篇小言《蝶恋花》，那时她芳龄十八，正是为赋新词强说愁的最佳时段。从此雪见便一发不可收拾，据说已经被好几本青春读物列为重点培养作者，书商也打算着意包装。可惜美女作家这名号早被用烂，否则雪见一定是跑不了的——而今称她美少女作家似乎也不妥当，雪见的作品代理人因此到处找人想炒作概念。

　　我了解这些事情的时候，已经和雪见成了好朋友，她可以毫不客气地指着一堆螃蟹对我说："赵大，你剥壳，我吃黄儿。"

　　只是，我知道既然被女孩子当作哥们儿了，爱情的小花朵儿就不那么容易诞生了。

　　不过，在蛇冢门前，我的的确确对雪见产生了只有对哥们儿才会产生的崇敬之情。我不得不承认，这世界上确实存在既美又聪慧的女孩子，并且还和我那孪生妹妹一样伶俐。

　　在我、红发、秋风清以及白素贞和法海一筹莫展之时，雪见，这看似柔弱的娇滴滴的小姑娘，却瞧出了拱门的端倪。

　　你说，我怎能不对她佩服得五体投地。

　　雪见叫我们把所有光源都聚集到门钉上去，照亮门钉的细节。那些门钉刚才被法海拉拽，顶端的金色下面露出铜色，原来门钉的尖头部是套在门钉基部上的。两个部件之间套得很是牢靠，摘不下来，只能够旋开寸许长的一段。就在这铜制的寸长门钉基部上，有一排牙签粗细的小孔，孔中空，可走针线。

每个门钉都是如此。

左排上数第一根门钉，细孔旁刻了个"一"字。那些门钉从上往下，从左往右，都按顺序刻上了数字。右边最下面一排最右一根门钉，刻的是"四十九"。

雪见说："这些数字一定有意思，说不定是需要用线按照顺序穿过这些小孔，门的机关就会打开。"

"有这种门锁？"红发兴趣盎然，"太奇异了。"

"那就是说我们需要一本编织手册。"秋风清皱眉，"这和在法海身上找钥匙是同样的效果。"

法海说："不想我还助了你们。年轻人，我再助你们一个线索。我领命看守此地之时，主人与我说——若要开启此门，需得用血。"

白素贞哆嗦，她说："便是用血该如何用？法海，你家主人为何留下这样歹毒的法子！"

"不如此怎能守得住这秘密。"法海看着我，"等到天亮，蛇冢就会消失，下一次出现将在七年之后。"

"等等，法海你家主人和白素贞没关系？"我有点糊涂。

"当然。"法海的声音里透着傲慢，"我家主人怎会有妇人之仁，如此婆婆妈妈。"

白素贞我就不问了，她肯定没想过谁安排的自己这个角色，这问题太复杂了。"镇蛇的看来不是法海，另有他人。"我对秋风清说，"我要有个好歹，兄弟你一定要问出那家伙是谁，他太讨厌了。"我又拍拍红发的肩，"红毛儿你还是挺帮忙的，多谢。"我还想对雪见说点什么，可是看到那双清澈晶莹的眸子，我却又一次失语了。在那小姑娘眼里，我大概是挺窝囊的一个男人，唉，但愿以后有机会纠正这个印象。

我跨步跳上门槛，藏在手中的瑞士军刀终于亮刃，顾不上疼痛，我将殷红滚烫的血滴进标号"一"门钉的套管部分。血液顺着套管上的凹槽，流入那些细孔。片刻，血从"一"字门钉下面流出。滴入"二"字门钉，然后是"三""四"……"八"字门钉也开始滴血了……短短数秒之间，那些门钉被细细的血滴连成了一串。

"天呐，这要多少血才够！"我回头骂法海。他原本毫无表情的脸上竟然也有了一丝茫然，喃喃道："会是这样的吗？"

会，一定会。因为，我听到了门轴处轻微且清晰的机械运动声音。

门缓缓拉开。

门内一片漆黑。

雪见急忙拉住我包扎伤口，这就让红发和秋风清抢在我前面进了门。刚才他们两个脸色土灰，这会儿重又精神抖擞。"我们得先进去看看有没有危险。"红发拍拍我肩膀说，"为哥们你好。"

我相信红发的话，而且被雪见温柔地握住手腕，我很享受。雪见打开急救药包，往我伤口上撒云南白药，再裹缠一层又一层的纱布。小姑娘一个劲儿问我疼不疼，眼泪噼里啪啦落在我手上，这让我心里热乎乎的。

"没事儿没事儿，你看也就不到100CC，体检抽个血都比这多。"我安慰她，"再说我下刀子快，也没觉得疼。"

雪见撇嘴，仍是气愤："哪有这种门啊，太不人道了。万一你的血不对，打不开呢，那不是白流了。"

"说的也是。"我笑，"这不是打开了嘛……"我笑不下去，雪见的话非常有道理——要是我的血不对呢，门钉如何鉴定我的血符合预设？我的血为什么会符合预设？仅仅因为我长得像800年前一个叫赵昚的人吗？

"五钱，雪见，快来！"秋风清大声叫我们。能让秋风清如此激动，一定是非同寻常的事物。我顾不上多想，和雪见急跳过门槛，把应声而来的白老太太与法海甩在后面。

蛇冢里凉爽干燥，没有一丝洞穴的怪味，通风状况非常好。拱门后是拱形的走廊，约有三四丈长，地面铺了和台阶同质地的石板，平整而洁净。走廊尽头，是一个有圆穹顶的方正大厅。大厅四壁也都砌了石板，开出许多半尺见方的孔洞，洞中镶嵌拳头大小的夜明珠，这些珠子发出幽蓝的光，给大厅营造出荡漾海水般的朦胧意境。

大厅中央摆放了一张直径丈许的圆形石桌。石桌周围，则布满长条石案。石桌和石案上，都放满了物品：一匣匣的书籍，一卷卷的字画，一堆堆的金银——错了，这些金属非金非银，看上去不怎么值钱。几支竹制的长形物体旁搁着一个半人多高的男性裸体铜像，这铜像没有半点艺术美感，完全写实的表情和身体令我局促，我甚至怀疑它会活过来问候我。

"这些条案一共64条，合64卦数。"秋风清说，手里的DV机镜头转向我，"条案上的东西大致有上千件。对了，那边有无数的许四十。五钱，你真是输了。"

顺着秋风清的镜头方向，我看到大厅深处的走廊，还有红发晃悠的身影。

"我还以为会有金银珠宝，像阿里巴巴的山洞。"雪见颇为遗憾，"可是蛇在哪里？"

法海走过去，无声无息。他本就生硬的身躯更是僵直，如同被召去了魂魄，全无个人意志，只是在大厅深处莫名的力量牵引下行走。

我冲雪见使眼色，示意大家跟上法海。我注意到，那白老太太不肯再多走一步。她孤独地留在大厅里，在那幽暗的蓝色中沉思。

走廊里确实堆了无数的许四十和他的赝品，有完整的也有没制作完的，我甚至还看到一个许四十敞开的胸腔。当我把他胸腔里的两根发条搭上时，这个家伙就张开了他的眼睛。但他只是看看我，并无任何其他举动，因为他的四肢与口舌都还没有安装。我不得不承认，虽然与现代机器人差别很大，但这些许四十无法用机器人以外的其他名词定义。

红发等着我们，却毫无赢了我的兴奋情绪，相反还有些不适应。"天啊，这里究竟是什么地方！"他拉住我，"五钱，到处都是武器、盔甲、机器人、器械……白蛇那里一定有新的任务。"

我深刻怀疑，一会儿程序员断了电，我们就会走进一个控制室中，与矩阵的设计师讨论他创造的这个世界是多么糟糕。

"我欠你一个人情，你尽管要求。"我打断红发混乱的思绪。

"嗨，什么欠不欠的，我们快找那蛇！"红发说。我指指法海。那家伙就要消失在走廊尽头了。我们追过去，与秋风清、雪见并肩而行。法海走得很快，三道石门在他面前自动开启，这省了我们很多麻烦。但是越往里走，洞穴里越是寒冷，我们开始打哆嗦。秋风清的DV屏幕上一片雪花，他只好放弃了录像。

法海停住脚步。

这是一个下沉式圆形洞室。宽大平缓的台阶一直伸向洞室正中。那里耸立着一座三丈多高的青灰色七层石塔，塔尖直指洞顶。塔前摆放有石香炉、石鼎。一层塔檐上挂一块蓝底金字匾额，书曰"雷峰塔"。

"太搞笑了。"我不得不说。真正的雷峰塔，在那西湖南岸，南屏山畔，净慈寺前，伫立千余年。西湖十景的"雷峰夕照"与镇压了思凡的白蛇白素贞，是这座塔出名的两个原因。其实雷峰塔建成于北宋太平兴国二年（977年），是当时的吴越王钱弘俶为庆贺其宠妃黄氏得子而建，与南宋时的白蛇故事一点儿关系都没有。不过，可能因为传说中镇压了蛇妖的缘故，这佛塔命运相当曲折，先是在北宋宣和二年（1120年）因战乱损坏，好不容易南宋庆元年间（1195—1200）重修了，明朝嘉靖年间又被侵入杭州的倭寇放了一把火，将塔檐、平座、栏杆、塔顶全部烧光，只留下了砖体塔身。接着，当地老百姓为了"辟邪""宜男""利蚕"等事宜，常常从塔砖上磨取粉末、挖取砖块，直到把塔脚挖空。1924年，这座千年古塔终于挺立不住，轰然崩塌。目击者称塔倒时：尘埃蔽日，鸦雀满天，碎砖累累，不下亿万。听说塔里藏着金子，杭州城万人空巷，人们蜂拥到现场寻找。金子和白娘子都不见，只有深藏的八万四千卷佛经，从塔砖的中间露出身影。乱世之中，这些佛经被妥善保存者不足半数。现在在古塔原址上又重修了新塔，但我从没有上去过。

所以这里有个雷峰塔，不是很荒谬吗？非要印证雷峰塔镇压白蛇的传说吗？设计者也太黑色幽默了。

秋风清碰我的胳膊，示意我看洞壁。我从雷峰塔的遐思中出来，细看洞壁有何端倪。这洞室四壁没有照明孔，却绘了满满的图画。秋风清晃动手里的DV，摇头，表示那机器仍然无法使用。"我画下来好了。"雪见自告奋勇，随即拿出速写本，开始临摹。

我的目光随着手电光在画上逡巡。画中是宏大的劳动场面：类似于电视剧《水浒传》人物装束的男人们，在砖窑、城墙、桥梁和水车间忙碌，或运输或制造或挖掘，肩挑手提，也有马骡之类的大牲口，还有许多的作坊，我辨认出一个铁作坊——那里的男人正在铸造兵器……

红发"呀"一声，吸引了我的注意力。"这里有香。"说着，他就从石鼎里取出一把青色的线香。

"嗯，小心有毒。"秋风清提醒。

"香就是烧的，有什么问题。"红发笑，"这肯定是特重要的道具。"他向那石香炉里看，"瞧，还有插香的孔呢。"说完便将那把香一根根插进香炉中。"要点吗？"他掏出打火机。

"别别，最好少在这儿玩火。"我对红发的"冒险精神"有点担心，伸手阻拦他。

红发却满不在乎，冲一旁的法海努嘴，"你看他像不许的样子吗？"

那位法海同学进洞后就一直呆站在台阶上，若铁铸铜雕，对我们的行为不看不听不问，似乎是在等待着什么，对比许氏系列庞大许多的机器人，好像失去了动力。再看看秋风清脖子上垂的那个DV，难道这石洞里有一种令机器失效的场效应？

再联想下去，外星人就该出场了。我哑然失笑。大宋朝若有如此先进的科学技术，怎会被金灭一次，又被蒙古再灭一次？所以，这里一定是来自异域的先进文明所为，他们因为某种缘故……比如……比如……好吧，就算是飞船在突破地球大气层的过程中受到损坏，沉没西湖之中，外星人和宋朝政府达成了某种交易，取得了在西湖湖底修建秘密基地修复飞船的特权……这怎么像三流科幻小说的情节，千万别，我可不希望和外星人发生任何关系，上辈子、这辈子、下辈子都不希望。我热爱地球和人类，深刻地、确定地、毫不动摇地热爱。

浓郁的香气喷入鼻孔，我不由得打了个喷嚏。外星人的遐想化为乌有。我走神的瞬间，红发已经燃着了香。雪见停下画笔，不住耸鼻："这香味好好闻，啊，有桂花香，还有早晨的荷花清新味道。"

三秋桂子，十里荷花，都是西湖的特产。

"小心些好！"秋风清说着，将三张空气消毒面罩递给我们，他自己的已经戴上。

"烧完这香会有什么事情发生？"红发戴好面罩问，"还有什么提示我没注意到吗？"

"没有了吧。"我说。

"你肯定？"

"肯定。"我一指香炉，"已经有事情发生。"

的确，香炉下的地板在滑动，露出尺许大小的地龛，地龛中只有一石盒。

红发冲动，就要去拿。这一次我抢在他前面，到底拦住了他，我很严肃地要求："我来，这件事情我来。"他迟疑。我瞪他，"既然我能开门，这个盒子想必也与我有关，你明白不！"红发脸色忽然变得像他头发那样的红，喃喃絮叨些我听不清楚的话，退后几步，不再和我争执。我蹲下身子，取出石盒。

没有机关，没有暗器。石盒周身雕龙刻凤，捧盒在手，感受到它的温润如玉，光洁若处子肌肤，内心竟然有几分依依不舍。

我将石盒放在台阶上。也许一切疑惑都能得解，也许会有更多迷宫。

可惜吓不到我，香炉里必定有暗藏的机关，需要燃香才能启动，这里面没有什么故弄玄虚的东西。盒盖上绘了枝蔓缠绕的白莲花，没有锁，我手一掀，盒盖就开了。盒中金黄软缎铺陈，缎子上，放着一张叠得整齐的绢帛。

众人聚到我身旁。我展开绢帛，它有两尺见方，牙黄色底上写了三行字：

聖血祭　寶塔裂

白龍出　青龍引

宋室江山　重盛於世

字迹工整，墨色如新，落款处印章的朱红色鲜艳刺目。

我念了一遍。几个繁体字不难辨认，句子的意思也很明白。但这太过通俗的陈述反而让我们心生杂念。

"你真的是宋朝皇帝转世投胎？"雪见一脸震惊的表情。

"白蛇和青蛇都在这里吗？我们应当找其他人商量，万勿轻举妄动。"秋风清果然是行事稳健。

"什么意思？我们会回到宋朝？还是宋朝会来到现在？"红发跳着叫道，脸色恢复了正常，但瞬间又偏转过白，"这太刺激了。哪一种可能我都喜欢。"

"它要我的血。"我晃动手中的电筒，青灰石塔在光柱照射中微微闪烁荧光，有种蛊惑的寂寥。如果塔有声带，我一定听得到它叫唤我名字的声音。"它要我的血来开启。"我说，"就是现在，得做决定。"

那三个人都沉默了，彼此看看，走在三个截然不同道路上的想法汇聚在一起，却什么火花也没碰撞出来。他们转而都望向我。

第七场　蛇现

时间同上。杭州。

夜。西湖底，蛇冢。

在我并不漫长的人生经历中，我最讨厌的事情是填写简历，因为这会让我重温一个正常家庭分崩离析的过程，回顾自己那本来符合世俗规则平坦无忧的人生如何变成现在这般鸡零狗碎的模样。我绝不相信，就连我小说里的主人公也不相信，有天赋使命在前途某处等待自己，要去承担或者拯救，做一个英雄。血统这问题纯属扯淡，命运其实只是无数偶然的堆叠，决定权既不在上帝那里也不在我们的DNA中。

我并不在乎出血，这算不上什么大事，以前打架、车祸、野营、扛大包都没少出过血。我讨厌的是被强加在身的"责任"，就像流浪汉突然被戴上王冠，除了荒谬滑稽外不会有其他效果。我按照折痕叠好绢帛，放回石盒中，起身将石盒归于原处。我的伙伴们看着我行动，没有询问也没有阻止。石盒一落进石龛，那地板便滑了过来，将地龛遮掩得严严实实，地板上一丝缝隙都没有留下。

我转身向外走，与呆滞的法海擦肩而过。

"五钱，你不管了？"雪见大声叫，"你去哪里！"

"回家。"我答道，"大家都走吧。"

"你疯了，多少人想要这机会，一个完全不同的世界，酷哇！"红发喊，"你别走，我们再商量！"

我没有停下脚步，但我原路返回，再次与呆滞的法海擦肩而过。雪见和红发的面孔上就有些激动情绪。"门关着呢，没有法海打不开。"我平静地打击他们，盯住秋风清问，"你为什么不劝我留下？知道我开不了那三道石门？"

秋风清的目光一如既往的清亮平稳："你会解决问题的，你不是容易半途而废的人。"

"你怎知我不是，别太轻信直觉。"我冷笑，"否则迟早有一天你会后悔。"我走到塔前，仰头端详，塔上并没有似大门处铜钉般的取血装置。我敲敲塔身，建筑这塔的材料非金、非玉、非石，有种奇怪的质感，仿佛是冬天覆盖了冰霜的钢铁。

"红毛儿，你说这一关的触发点在哪里？"我叫红发，"过了这关我们就能拿到白蛇，是超级重要的装备。"

红发像找到骨头的小狗，"嗷嗷"乱叫着跑开了。秋风清看看他的表，我不由得紧张。法海说天亮了蛇冢就会消失，他那金属脑子不大可能编造"谎言"，那么接下来的麻烦就是——蛇冢消失的时候如果我们还没有离开，我们会在哪里？

"两点半了。"秋风清似乎洞悉我的思维，提醒道："我们起码还有三个小时。"

"时间不算短也不算长。"我再次巡视这间洞室，希望能够找到某个被忽视的细节，而红发同学已经趴地板上一寸寸在嗅了，"喂，你，你觉得这样有用吗？"我踢红发撅起的屁股。

"应该有线索，肯定有线索。"红发满脸是汗，喘息着说，兴奋莫名。

"得了吧，你又不是索隐派。按照奥卡姆剃刀原则，这个触发点不会太复杂。"我说。秋风清的手电正缓慢地在雷峰塔上移动，我瞧他也没什么头绪的样子。雪见继续她的临摹工作，不时抬起头端详壁画，专注的神情十分美丽。

红发绷眉："那个，什么剃刀？我好像听说过。是那个游戏吗？"

"不，不是游戏，是一个经验——如无必要，勿增实体。"我解释。

"什么意思？"红发有些迟钝，偏偏又喜欢做出好学的姿态。

"去除繁枝末节，直指事物核心，解决最根本的问题，用最简单的原则完成最复杂的工作。明白了不？"我尽量耐心，剃刀原则再加上换位思考，基本上我就可以解决一切问题。眼下，我得设想如果我是这洞这塔的设计师，我想要达到的目的，我能利用的手段……

"啊！"雪见、秋风清与红发同时惊叫。

我毛骨悚然，以为白蛇已经从雷峰塔里爬了出来，然而洞室中并没有第四个生物。"干吗呢，你们，抽风啊！"我骂他们，拍打身体，似乎这样可以把恐惧赶跑。尽管我写了几部恐怖小说，但恐惧这种本能并没有因此而丧失掉。

"那张绢帛——""圣血祭，宝塔裂，""多么清晰的提示！"我的伙伴们，仿佛小学生在课堂上那样忙不迭地举手发言，搞得好像是一个人在思考，一个人在说话。

我无话可说，只有给他们每人一个大大的白眼，不过雪见除外。

祭祀是人类明白自己不属于猴子后最神圣庄严的仪式之一，祭祀前的沐浴更衣，祭祀中的歌舞吟唱，都大有讲究。至于祭品，从猪头到美少女，更是五花八门。可在这洞室里，我们没法子搞出个像样子的祭祀仪式来。神案、祭文、祭服、乐队，都只能凭空想象了。

现在，我们的问题只剩下了一个：把那祭品——我的鲜血，放在哪里？

似乎石鼎可以承担这任务。古人发明鼎是用来炖肉煮肉的，相当于今天的火锅。至于炊具怎么变成了传国重器，象征了国家和权力，得归功于大禹这位老前辈想象力的严重贫乏。他非要用金子铸造九个大鼎象征九州，让鼎脱离了它的设计用途，变成一件华丽的装饰品。

古人用鼎煮肉的时候，那第一锅肉可是都献给神仙的，应该算是祭品吧。

我探头向石鼎里瞧瞧，要多少血才够用呢？看样子，没几百CC血连鼎底都盖不满。

"皇帝可是九五至尊，出一点血都属于大事故。"秋风清说，"这个鼎实在大了点儿。"

"是啊，"我点头，"要让皇帝流这么多血等同于谋杀了，设计者不会犯这种低级错误！"

"那是这个。"红发终于有所发现，兴高采烈地说，"我觉得这个没错的。"他的手电光罩住雷峰塔匾额上的一尊佛像。那佛像的座下白莲花枝蔓交错，正是石盒盒盖上的图案。佛像面容，竟然与我八九分相似，他盘膝而坐，表情肃穆，双手捧住一个钵盂。钵盂约莫一张光盘大小，晶莹透亮。佛像的高度，踏上宝塔的汉白玉底座，便正处于我的头顶，伸手就可够到钵盂。我默然，红发这次的判断准确无比，就是这个机关，不会有错了。

"白蛇真在这塔下吗？"雪见担忧。

"应该没错了，别担心，用不了五钱多少血。"秋风清说。

"仪式呢，仪式怎么办？"红发挠头。

"凉拌！"我回答得很干脆。仪式只是为了渲染气氛，全然没有实际作用。我第二次割开皮肤，钵盂顷刻间就盛满了我的血。

雷峰塔稳稳地并没有异相。

"你看，我想还是应该有个仪式，祭祀不会那么简单的。"红发抱怨。

"等等看！"秋风清示意红发安静。

血染红了钵盂，它像颗红玛瑙那样闪亮，璀璨。它慢慢旋转起来。那些血，在钵盂中流动、翻滚，渐渐地一滴不剩，不知道流到什么地方去了。

我摸摸钵盂，它热得烫手。那些血也许是被蒸发了。

钵盂停止了运动，晶莹如初。

塔忽然从里到外亮起来，亮度越来越高。同时塔身开始发热。

我按住伤口，后退几步，跳下塔座。

那塔"喀哒"一声，中间齐整整地裂开了一块。它原来是座空心塔。

白蛇，就盘踞在塔心里。

蛇的确很白，一米多长，三指粗细，蜷缩在那里。它的白色来源于那些细小而晶莹覆盖在身上还发着幽暗荧光的鳞片，鳞片深处粉红的皮肤仿佛婴儿，这条蛇还很年轻。这就是传说中的千年蛇精白素贞？看上去更像是白老太太的青釉瓷器，完美到不真实。我缓缓伸出手触碰它，它的身体冰凉，仿佛冻僵了一样。

"这条蛇还在冬眠。"秋风清得出观察结果。

"哈，这样我们所有任务就完成了！"红发喜气洋洋，"也不怎么难啊。"

"好漂亮的蛇！"雪见赞叹，伸手去摸。

"住手！"我们三个男人异口同声叫道。雪见噘嘴，颇为不满。

白蛇忽然睁开眼睛，吓得雪见的手立刻缩回去了。白蛇的眼睛是红色的，清澈而明亮的红色，仿佛宝石般高贵，不带一丝邪恶与诡异。白蛇望着我。

"雪见，"我低声说，"这蛇你是动不得的。"雪见气得拧我失血的手腕。

白蛇懒懒伸展它的身体，立直上半身，打量我。秋风清和红发站在我两侧，两个人都异常紧张。白蛇伸出血红的信子，嗅着我。我冲它摊开手掌，表示以诚相待。白蛇晃了晃头，猛地咬住我的手指。

秋风清的软剑就要出手。

但白蛇已经放开我。它尖利的蛇牙在我手指上刺了一下，尝到我的血。然后，它不慌不忙顺着我的胳膊爬到我肩膀上，像一根绳子挂在那里。我感到柔和的冰凉，却没有那种滑腻恶心的恐惧。自小对蛇的厌恶，竟然就消退了大半。我甚至敢轻拍白蛇的头，白蛇的头依偎在我的肩窝，看上去像是我衣领上的一件装饰品。

空了的宝塔试图合拢，我们后退几步。宝塔"咔嗒咔嗒"响着，但却没能恢复原状，似乎是有什么地方卡住了。红发好奇，凑近过去。秋风清将他拉住。

"快走！"我大声喊。

"是啦是啦，我知道。"红发好不耐烦，"游戏里都是这样，拿了终极道具后就山崩地裂，这洞不会塌吧。"

"乌鸦嘴，"我骂，话音未落，那塔"轰隆"一声从里往外炸裂开。完全条件反应似的，我拽住雪见就往前跳，扑在地上。

雷峰塔倒了，地上尘埃蔽日，鸦雀满天。地下黑烟滚滚，砖块乱飞。横竖都是倒了，让白娘子再见天日。空气中满是呛鼻的火药味道，满地支离破碎的石块砖头。我拉雪见起来："抱歉，你伤着没有？"

雪见摇头，脸上微红。"他们呢？没事吧？"她有点羞涩地问。

"没事，没事。"红发一个大花脸跑过来，"我躲得快。秋风清呢？"

秋风清坐在塌掉了一半的雷峰塔的汉白玉底座上，两手护着DV，两眼发直。我赶紧叫他，生怕他成了法海第二。"啊，我在看，"秋风清瞧瞧我们并无大恙，表情轻松许多，"DV似乎好了。"

我立刻瞧向法海，他缓缓举手臂抬腿。这个洞室对机械的屏蔽正在迅速消失中。法海一步步走向我。我举起肩上的白蛇，大叫："法海，我是驱蛇人了！你还不乖乖听我指示！"法海盯住我，他死板的面孔上仍然毫无表情，但那种忧郁的坏影响我感觉不到了，现在的他非常平和，甚至有点恭顺。"法海，你没有看见吗，白蛇在我手里呢！"我晃动蛇头。白蛇温柔地扭来扭去，任我摆布。

法海忽然单膝跪倒，冲我磕了三个响头，声音严肃："法海谨遵驱蛇人号令。"这倒是个意外，我清清嗓子，命令："现在带我们出去！"法海便起身向洞外走，我示意伙伴们跟上。秋风清正补拍墙上的壁画，红发不由分说拉住他的衣襟就走。

雷峰塔残余的部分又一次发出"轰隆"的声音，第二次炸裂开来。整个洞室都在摇晃。我们加紧脚步，小跑起来。

石门在法海面前一一打开。从此，法海便一直在我身旁，听从我的调遣。"我的随从是法海"这话多少有点怪，但一段时间内将是我摆脱不了的事实。

147

墙壁上的石块在脱落，石板的地面在塌陷，天花板在往下掉土渣，蛇冢处于临界崩溃的状态中。雷峰塔的炸裂引起了整个系统的连锁反应。这情形和我爱看的电影"印第安纳·琼斯"系列中的某些场景很像，见鬼，为什么古人不来点新的创意……我们返回那六十四卦的方正大厅中，每个人都知道没有机会再来了，因此疯狂地往尼龙编织袋里装条案上的各种物品。白老太太不在厅里，只有摇摇晃晃的许四十们尽力扶住即将坍塌的四壁。火光和爆炸声顺着走廊蔓延，眼看就要逼近了。

我们及时奔出了蛇冢大门。白老太太站在台阶下，白衫白裙绣金绣银，飘逸姿态真如神仙，她向我们招手。

台阶正一级级碎裂垮掉。我的一只脚险些踏空。一个新的许二十七飞过来，抓住我的胳膊把我提起来。我的四周，徐二十四们做着同样的事情，将我的伙伴们一一救起。

"太刺激了！"红发喊。

"小心！"秋风清拽紧手里的编织袋，警告。

"法海！他自己会飞！"雪见惊讶。

严格地说，法海那不叫飞，叫浮动。他是整个儿垂直上升的，我诧异他那么沉怎么还能飞起来。

只有白老太太站在原地未动。

"您不走吗？"石崖的一半正在摇摇欲坠，我急叫白素贞。我飞近了她，脚就要踩到平台上。

"这个给你。"老太太递给我一个卷轴。"我终于见到了许仙，就在那大厅里，你们没注意。"老太太笑道，"第一任白素贞，那应该是很幸福的吧。"

"许仙，他还活着——啊，是他的身体？"封在玻璃瓶中的许仙，我尽量想象，但怎么都不能摆脱木乃伊的样子。

"以后你会明白的。快走吧，这个地方要毁灭了。"白老太太催促。

"可是您？"

"我已经老了，能看到这个结局，不错。"白老太太微笑，伸展双臂，高声吟诵。在她的声音里，我被不知名的力量往上推动，加上许二十七的提升，我片刻就离地一丈多高了。

"您保重！"我只来得及说出这句话。

我们飞行的速度越来越快，快到令我眩晕。

一片巨大的荷叶飘来裹住我们，包括法海。我听到石崖的爆炸声。水汽的墙壁崩裂了，湖水冲打过来。荷叶剧烈地震动，叶筋暴起，不知道能抵抗湖水的冲击多久。我们站不住，摇晃、跌倒、滚动。

我试图扶住什么站起来，但一个颠簸，我冲到雪见脚下。她正用一根叶筋将自己绑在叶片上。

"好主意！"我称赞道，也想学这招。

雪见望着我，泪水忽然夺眶而出。"你没有看见，白素贞——"小姑娘眼眶红了，哽咽道，"她死了。"

在我们身后，第七任白素贞正和她的童话世界一点点化为翠绿的泡沫。

我黯然。我忽然理解了白老太太初见我时那又是怜惜、又是喜悦、又是怨责的目光，她虽然什么也不多想，但一定早就预料到了今日的结局。

她选择我的时候，有没有难过呢？

荷叶上的裂缝在伸展，水流涌了进来，冲到我们身上。眼看我们就要沉下去了，但硕大的绿色泡沫飘过来，推动着荷叶。那荷叶带着我们奋力跃出湖波，便再也坚持不住，骤然破碎。我们幸运地被许二十四们抓着，没有沉入湖中。它们顽强地飞动，将我们一点点拖向湖岸，拖向黎明的霞光。

第三折　金瓯碎

第一场　许仙

9周前。杭州。

日。新西湖花园19号独栋别墅。

窗外滴滴答答下着雨。已经四天没有放晴，今年的梅雨季节又提前了。我喜欢江南的雨季，这种潮乎乎连光线都柔软的日子总能促进我的创作欲望，让我有精神终日坐在电脑前敲打键盘。我兴奋的目光穿过雨丝，捕捉城市各处黑暗的角落、鬼魅的身影和诡异的传说，文思从我的指尖涌向键盘，连绵不绝。屏幕上逐行显示的字句里滴淌着的阴霾，令我的编辑战栗，甚至不敢独自打开文本阅读。

通常这个季节的努力耕耘将给我带来年底的丰衣足食，甚至还能赞助一点银子给妹妹。但今年我将颗粒无收。QQ、MSN上编辑们的催稿信息一条跟着一条，软磨硬泡也罢，诱惑威胁也罢，我一行字都拿不出来。辛勤写奇幻小说几年，好不容易才有了这么多稿约机会，我却一个也不敢答应。

"我不想欠任何债务，包括文债。诺言是很可怕的枷锁。"我说，"女人才有特权出尔反尔、朝三暮四，她们是情绪化的人类。而男人非得言必行、诺必成、成必果，这是原则。"

"哦，你对我有个诺言。"红发笑，递过一根烟，"看来我得好好想想怎么利用。"他按动打火机，却没有点我或者他手中的香烟，只是看着它们。这家伙从来表情丰富的脸上，少有的浮动几丝忧郁，半问半自言自语："我们碰到一个大事件了，是不？"

"傻瓜。"我凑近他手中的火焰，点着香烟，深吸一口。烟圈在半空中画了一个S形，犹豫几秒，才不情不愿地散开。

"啊？"红发仰头看我，差一点烧着手，他丢开打火机，挠头。他最近重新焗染了头发，那一脑袋红色焰火般的头发像随时会自燃似的。"我有点紧张，这就是个大事件啊！"他说。

我懒得理会红发，继续研究烟圈。烟圈中的一个碰到了墙，很舒缓地伸展开，忽然弹起，从墙上挂着的一幅卷轴间仓皇逃走。那卷轴一直保持着优雅的姿态，丝毫不为烟圈的无礼动容。

那是白娘子给的卷轴，展开后足有五尺长，是一幅工笔丹青。画中杨柳青荷花繁，拱桥石堤，远山高塔，湖波浩渺，活生生西湖夏日风光图。只是所有风光，都做了华丽的背景，映衬一对男女青年——他们并肩而立，男性高个儿，清瘦；女性娇小，略微丰满。他们的面容没有描绘太仔细，但神态气质却跃然纸上。我能感受到那男性的高傲与矜持，那女性的崇拜与宠溺，他们可能是姐弟母子或者其他什么关系，就是不大像情侣。

画中题字云："西湖七月风光好，段家桥头又逢君。待得北定中原日，共君孤山醉荷花。淳熙十四年庆许仙归来游西湖白素贞画记。"

我第一次读到这题字时大脑略感供血不足，44个字后面有着怎样的故事，可供小说家演绎的空间太多，反倒令我无从开始。离开蛇家回到现实生活中的时候，我也有这种手足无措感——整整两天，我、雪见、红发、秋风清，四个人一个字都没有谈及西湖底的遭遇，直到文舟赶来。

文舟失去我们的手机信号后一直惴惴不安，那时我们被许四十带往湖底，吉凶难测。因而一收到秋风清的短消息，他便立刻启程。这是名副其实的短消息，就一个字："来！"看得文舟心惊胆战。

牙大断定文舟出门永远有意料不到的神奇事件发生。果然这次也不例外，他竟然在飞机上碰到一位久别的发小。这位发小和文舟相伴幼儿园小学初中，高中才因出国分开，走前和文舟喝了生平第一瓶啤酒，说了一车掏心窝子的肺腑之言。发小成年后回国在南方发展，几次电话邀文舟去江浙游玩。文舟知道人家暴富，不愿意落个巴结的名头，一直推脱，却还是在飞机上巧遇。那发小哪里肯放他，坚决要负责他江南行的一切开销。

于是我们便都住进了他发小的别墅之中。就连那条白蛇，也有了一个舒服的喷水池做窝。

舒服，我扭动脖子，这是一个精细的词汇。从白老太太的府第到蛇家的洞室，都可以用舒服来形容，古人生活的从容与情调，可见一斑。我掐灭香烟，情调这个词在整个事件中最无关紧要，但它骚动我的心，似乎它才是真正的关键点。

淳熙十四年是公元1188年，七月，许仙从外地回来，在段家桥（后来以讹传讹变成了断桥）与白素贞再次相遇。白素贞非常高兴，不但陪许仙一起游西湖，还画画题诗以作纪念。

这是《白蛇传》断桥相会的原型？这位白素贞，诗一般，字秀逸，画传神，还是许仙的老朋友，可以和他公开游湖——难道这白素贞是歌妓？而且还是颇有见地的歌妓，能说出"待到北定中原日"这种话。那许仙又是什么人呢？不会是诗人，否则这题诗的就该是他了。是军人？和蛇冢有关系吗？那些机器人可是以许为姓的。难道，他是机器人设计师？

"就他一小白脸，智商不及情商一半，能设计许四十，许二十七？你还教育我要谨慎求证！"红发瞪我。

"你怎知我在想许仙？"

"切，你一天到晚盯着这幅画看，还说自己不紧张。"红发做了个"鄙视你"的手势，捅我的肋骨，"承认吧，你，天将降大任于你乎。"

"我不在乎。大任机会让给你。"

"别，别，我不要，这是老天留给你的，千万别暴殄天物。"红发躲闪我的拳头，跳到窗边，眼尖，叫，"啊，是雪见他们，他们回来了。"

"共君孤山醉荷花"那该是很有情调的事情，极美的场景，我忽然想。

"如何，这两天又有什么发现吗？"文舟见到我们就问，声音明朗轻快，看来此行收获不小。我懒洋洋哼一声算作回答。

红发嘴快："五钱认为白素贞是歌妓，许仙是个工程师。"

"啊？"雪见吃惊。

"歌妓，很时尚的职业，不是那种行业。"红发胡乱解释，"而且蛇妖嘛，歌妓在普通百姓眼里，是有蛇性的。"他擦拭额头的汗珠，"从歌妓到蛇妖"是可以做硕士论文的题目，明显不适合他。

五天前我们住进这里后，便将从蛇冢带来的各种物品小心分类整理编号，陈放在主人家宽敞的地下室中。我们花了些工夫讨论下一步的计划，顺便将杭州的名菜佳肴吃到腻烦。这期间试图和白蛇或者法海沟通的种种努力都失败了：白蛇在喷水池的假山里睡觉，看样子进入冬眠了，怎么也叫不醒；法海则将喷水池旁的园丁房当作卧室，一天到晚站在门口睁大眼睛看护着白蛇，他的样子倒是很清醒，但他身体里的某个控制系统出了问题，发音奇怪，等同鸟语，谁也听不懂他的话。

文舟把秋风清DV录下的视频截了几段传给柳大。柳大现在视力恢复了一点，模模糊糊能看了个影，非常感兴趣，要我们一定仔细鉴定那些蛇冢的物品，还推荐了四五位专家，从搞文史的到机械物理方面的牛人都有。于是文舟和秋风清一一前去登门拜访，雪见这小丫头死活非要跟着。我与红发则留守，继续对我们带出的近200卷蛇冢文本进行研究。

"白素贞有可能是歌妓，不过歌妓一般不取白素贞这种名字。"我说，"我最能肯定的是白老太太的皇帝画像也是白素贞画的，完成时间相近，画风一致。白素贞在皇帝与许仙之间，扮演了一个重要的角色。"

"她是许仙的妻子。"雪见干巴巴地说。

"那白素贞等的就该是许仙的转世投胎，而不是皇帝……等等，白老太太说她见到了许仙，许仙在蛇冢中——他为什么在蛇冢中？他是死还是活……"再换位思考，我也无法理解古人的思路，"还是说说你们吧，那些专家什么看法？"我转移话题，问文舟。

"科学——"文舟笑，"就是绝不相信未经证实的部分。幸好柳大介绍我们是他的好朋友，否则会被专家助理当神经病扫地出门。"

"可不，他们中的大部分人要依靠仪器，却绝不相信直觉，更别说奇迹了。"雪见撇嘴，指指编号257的一个陶瓷制品，那是我们最无可争议的一件物品，完全就是一架精巧的双翼单螺旋飞机模型，"专家说这个东西是模仿燕子，不可能是飞机的雏形，是艺术上的加工变形，但基本形状肯定和燕子有关，他建议我们找生物专家。"

"找了吗？生物学方面的专家。"我习惯性地往窗外看，忘记这里是地下室，没有窗户，只看见一堵素白的墙壁。"咱们那条白蛇很留恋冬眠啊。"我说。我们带回来的物品可能颠覆整个当代科学体系，而这条白蛇，颠覆的可能是自宋后800年的历史。

"生物学方面，朋友推荐了一个叔叔辈的专家，还是海归。他看到白蛇照片就说了两句话——PS到这种程度很辛苦；这是一条幼年的网纹蟒，大概两岁。"秋风清摇头，"资料显示，自然界里不存在白色的蟒蛇。偶然的白色动物都是因为白化病造成的，不怨这大叔少见多怪。"

"不怨这大叔，我们经历的事情，说给谁听能相信？"雪见笑眉笑眼，"也就是文哥你丝毫都不怀疑。"

文舟点头："我还想和你们去呢，怎会怀疑。"指指满桌的东西，"你们真够眼疾手快。"

"要换作我妈更强，她是电视台超市打擂三届连续冠军，15分钟能把小推车装得满满的，而且价格上准保过千。"红发笑，"后来电视台修改了比赛规则，呵呵，我老妈才金盆洗手。"

"有些东西拿重复了，肯定有更重要的东西没拿。"秋风清说。他口气里并没有太多遗憾，他是个容易满足且始终保持平常心的人。多亏他，我们的整个湖底行动才能有那么多收获，我非常感谢他。

"我们尽力了。"我说，"再说数量上应该足够分析出结果。"

"对啊，对啊，到底你们有结论没有？"红发急问，"那些专家的意见叫什么，综合分析做了没？"

"当然。"文舟轻咳，"综合分析的结果，就是你们从蛇冢带出的东西，大部分的确是南宋初期制作的物品，但有很多物品无法解释用途和制造方法。"

专家和他们的专用仪器的分析结果，与我们预料中的相差无几，基本上不能提供更多帮助。幸好我们一开始就确定双管齐下的战略，一方面求助专家，另一方面加紧对蛇冢文本的破解。说是破解有点严重，毕竟蛇冢文本全用中文书写，而且无论是印刷品还是手抄本每个字都写得清清楚楚，丝毫没有经历过岁月沧桑的痕迹。稍有古文基础的人，再借助几本工具书，看懂应该没多大难度。但问题是我们没有那么多时间从容阅读，因此每人平分若干卷，希望从这些文本中找到蛇冢的来源，以及我们下一步行动的目的和所需线索。

于是大家就八仙过海，各显神通。红发将书卷扫描上网，发动他游戏中的所有朋友来做古文译白话文的任务。一个游戏公会的名字还改成了"白话文先遣队"。翻译者分为句读组、字词组、译文组和校对组，流水线一般工作，发挥团队精神，效率奇高。因此带动网络古文学习热潮，而最终引爆的社会对传统文化继承与发扬之风，则很有"无心插柳柳成荫"的喜剧效果。

秋风清依靠亲友力量，他的女友正好是语文老师，这位老师接到快递的古书复印本后马上找了几位同学分头通读，不求字斟句酌，只要大意贴切，翻译白话文速度很快。

雪见自己就是古文爱好者，QQ群里一帮穿越系小姐妹个个才高八斗，学富五车，开口言汉、下笔说唐，看见古书就如同蜜蜂见了花蜜。有这样一帮姐妹在，她的进展也不慢。

我却另辟蹊径，抛开文本，从书后附录的印刷工人名字开始调查。南宋的印刷业十分发达，普遍使用雕版印刷，木板的活字印刷大大提高了印刷的效率，印刷品很考究。那时都是印刷作坊，作坊中的印刷工人称为刻工，大的作坊甚至有刻工达百人。为了保证印刷品的质量，印刷作坊会将作坊名和刻工名字印在书卷最后。我在梅雨之中走访杭州的大小文化场馆，一家一家仔细问问下来，竟然真从一个县级文化馆的印刷史资料上查到了几个刻工的名字，都是当时一家叫万卷堂的印刷作坊的技术骨干。万卷堂以印制坊间文集著称江南，类似于今天生产文摘类杂志和通俗小说的大书商。

蛇冢里为什么要存放通俗小说？难道这才是法海的主人，真正镇蛇者设置的线索？

一道亮光划过我的脑海，或许，有些解释完全错了……

晚饭后我们聚到客厅里。落地窗外，雨丝依旧缠绵，江南黄昏的柔媚气质愈发浓郁。本就美丽的雪见更添了几分秀雅，看得我心头小鹿乱撞，像个十七八岁的少年般很难淡定。我只好装作手不离烟，以"不能让女士吸二手烟"的理由将座位远离雪见。经过蛇冢那一夜，雪见对我的态度友善了很多，连说不怕，她自己偶尔也会抽摩尔提神，写东西的人烟少不了。说归说，我还是坐远些，以免露了痕迹，现在可不是谈情说爱的时候，再说我对感情这种东西还没准备好。

文舟信心满满，加上晚饭喝了半坛花雕，说话底气十足："我发小刚来电话说，咱们给的那两件瓷器，拍卖行估价了，这个数！"他伸手晃晃，"咱们的是真正的宋瓷，国内从未见到过的品种。国外也只有类似的一件，大小还不到咱们的一半。"文舟的声音发飘，"呵呵，现在我只怕黑社会追杀。"

"我们一共带出27件瓷器，都卖了是笔巨款，"我说，"不如大家分了钱各自快活去吧。"

众人骤然一惊，四双眼睛齐瞪向我，目光好似要杀人。有两片嘴唇嚅动着就要发出声音，我挥手制止："好了，当我没说过。大家要是有兴趣就继续。"

"那还用说，否则干吗跟你去蛇窝。"红发对我的建议嗤之以鼻，"我还以为那儿会是个军事基地，可我们拿到的书卷不是讲吃喝玩乐诗词歌赋，就是讲水利医学耕作赋税，一点儿正经没有。"

"还有通俗小说。"雪见说，"不过真好看，有好几个我都想扩编成长篇，光想想就觉得很棒。"

"让我们更完整地了解南宋人民的生活。"秋风清慢悠悠地说，少有的玩笑道，"南宋人民生活得那叫一个惬意！我要能穿越，我首选南宋的杭州，美得很！美得很！"

"的确不错，穿越南宋中期的人还比较少。大部分人会选择去救岳飞或者文天祥，悲情年代。"雪见赞一句，悠然神往，"宋孝宗，就是赵眘的那个年代，"听到赵眘两字，我稍稍紧张，雪见对我嫣然一笑，"我说的是皇帝赵眘，他执政的时候平安了二十年，那可是南宋的黄金时代。"

文舟望向我，脸上再次浮现红粉酒吧中那令我恍惚但意味深长的笑容："都是留给你的，再现整个时代的面貌，那些书卷是南宋的百科全书。"

"重现宋时盛景？"我也笑，抗拒着他的诱惑，"开封有个清明上河园，离西湖8公里有个宋城。就目前国民对宋朝的兴趣，购买力不足以支撑第三个主题公园。"

文舟笑意更重："他们只模仿了宋的外形，没有了解骨子里的东西，时代的气质。"

"我也不了解。"我想起红粉酒吧的夜晚，顺着文舟的思路考虑问题，我多半会被他绕进某个坑里。"文舟，许仙和白素贞的故事，"我停顿几秒，文舟脸上的笑容消失了，他有些疑虑，其他人则是好奇，竖起耳朵，我说，"这里有一个谎言。"

大家看我的目光充满期待。文舟并不吃惊，没说话。

我继续说："南宋以前，白蛇故事零碎不成体系，而南宋以后，才有白蛇传，发生在杭州本地，断桥雷峰塔，牵强附会上修建金山寺的法海。我认为，这并非民间传说的自然演化，而是有人故意为之，借市井流言掩盖一些秘密。"

文舟反应很快："你的意思，白蛇的故事是人为编造的？"

"对，很高明的编造，然后用勾栏瓦市，就是南宋的娱乐机构传播出去。"

"目的何在，要掩盖什么秘密？"文舟问，"白蛇吃人？还是金山闹洪水？"

"西湖的水雷试验。"秋风清插话。这答案太酷了。瞬间我们的目光全部聚集在秋风清身上，他反而腼腆起来，"我只是在事实基础上加一点想象。军事史上这么写的——宋军装备了大量火器，其中就有一种在水中使用的水雷。"

"这还不如说宋军研究的是生化武器，培养了白蛇、青蛇两员大将靠谱。"红发笑，对秋风清的假设不以为然。

"对了，白蛇找到了，那么青蛇呢？"雪见问，她十分钟爱张曼玉版的电影《青蛇》。

"其实，"我平静地说，"我们不必太心急寻求事情的真相。那白蛇与法海，不会总这样没行动的。"

文舟微微摇头："五钱，坐等事情发生太被动了，我们无法控制……"

忽然，客厅门被冒冒失失地撞开，别墅的厨师兼清洁工、洗衣工等一切杂役的老曹跑进来，满脸惊恐地报告："白蛇……法海……不见了！"

第二场　蛇变

7周前。杭州湾畔。

黎明。双鸥海滨度假俱乐部专属海滩。

不知不觉，笼罩着海滩的黑色浅了许多，周围的景物渐渐显露出灰色的轮廓。我站起身，活动活动因久坐而麻痹的四肢。海水已经退到一公里外，但白蛇还没有回来。"小白——小白——"我大叫，潮湿的海滩上到处留下我的脚印，惊得小螃蟹四处乱爬。我一直走到海水淹没我的小腿，真正的海岸变成了视野中模糊的一条灰边。"好吧，你愿意玩儿就玩儿吧。我不理你了。"我假装生气，回转身去。前两天我做出这种姿态时白蛇都会从水里跃起，带着一身的海水和泥沙扑上我的肩膀，像只爱玩闹的小狗。

只是我越来越禁不起它的扑打了。

六天前，上岸就冬眠的白蛇和它的守护者法海突然失踪，我们忙乱大半夜找遍整个别墅区也未见它们踪影。雨水冲洗了它们的足迹，甚至消灭了它们的气味，使它们的踪迹非常难寻，这让每天给它们送饭的老曹心慌意乱。虽然从没有见过白蛇、法海吃东西，但老曹尽责尽职，从没少做过一餐。这山东人觉得很对不起自己拿的薪水。

"没你的责任，你该干吗干吗去。"文舟开导老曹，随即对我说，声音里夹杂几分喜悦，"到底是驱蛇人，了解白蛇。它们开始行动了。"

"是，它们行动了。"我机械地重复，内心深处却感受不到紧张。白蛇与法海不应当离开的，这太不像个有头有尾的故事。而且怎么说也该叫上我一起才对。但隐约的，我挺希望它们真的离开，让我的生活回归正常。

"哇！五钱你太棒了。那还需要去找吗，要不就待在这里等它们回来？它们就算扔下我们，也不会不要五钱的，是吧？"红发越来越像我肚子里的蛔虫，而且这家伙心直口快，说话基本不过大脑。

雪见却担心："它们不会有什么危险吧？会不会是被人偷走的？"

"蛇有可能，它现在冬眠，又不大，偷走不难。但法海，"秋风清摇头，"不容易，那不是一般人。"

雪见蹙眉，西子捧心不过这般娇俏模样，小姑娘的眼眶湿润了："小白要是落在蛇贩手里就惨了，他们把一车车蛇卖到广东去做龙虎斗，小白它现在那么虚弱，什么防护能力都没有……"眼泪就要落下。白蛇虽然待这丫头冷漠，这丫头却喜欢得什么似的，天天小白长小白短，呼来唤去。白蛇就是窝在喷水池中的假山里不动弹，一点面子都不给她。

我对美女的眼泪向来没有抵抗力，于是听从了文舟的安排，几个人分东南西北四个方向外出别墅区搜寻。

白蛇与法海，会去哪里呢？他们在这个现实的世界中如何生存？白蛇会被卖到饭馆做龙虎斗吗？法海会被卖到废品收购站然后被肢解吗？我不知道。我站在十字路口胡乱张望，脚要动，心却懒。

他们能去哪儿呢？

西湖，断桥。繁花似锦处，白蛇幻变为少妇，一见许仙误终身，落得被镇雷峰塔的命运。

我颤抖，群发短消息："断桥老柳树，夜寻白娘子。"

白蛇当然是找到了，否则我不会出现在这宁静的海滩上。我的写作季习惯，这个时候该上床躺下，休息编造恐怖气氛的脑子和手指，享受神经放松的安逸。而现在，我必须凌晨三四点就来这海滩上"遛蛇"，否则小白一定会闹得我连闭眼的工夫都没有。

那天我赶到断桥时雨停了。月出，月牙尖尖若钩。断桥上游人三两成群，趁着雨歇出来撒欢。这一次，我轻易就找到了浓荫深处的那棵老柳树，白蛇正在树干上蠕动。法海坐于树下，身形端正，不愧是白蛇的守卫者。

我刚要叫，斜刺里一只手捂住了我的嘴，却是向来鲁莽的红发，他身旁秋风清做了个先看看的手势。

只见白蛇用力在树瘤上摩擦它的嘴和上下颌，它扭动着，似乎挠痒痒，又似乎身体里有什么东西要释放。它翻仰头部，倒吊着擦它的头。然后，有皮从它头上裂开，一点点张大。

"它在蜕皮。"文舟轻轻说。我长舒口气。红发放开手。

"法海也在蜕皮呢。"文舟背后的雪见小声道。

法海的蜕皮比白蛇要安静得多。他悄然无声地坐在那里，一阵湖风拂来，他方形的身体就从中分为两半，像是鸡蛋碎裂了壳。新的法海仍然安安静静坐在壳里。

白蛇蜕皮完了。白色的干皮挂在树干上，月光照着，有点瘆人。那白蛇灵巧地滑下树干，钻进法海的壳里。它水波般弹动着，金属的铁壳也弹动着，竟然被它一口口吞吃掉了，这场面非眼见不能信其有。不消说，秋风清已经用手机将过程拍摄下来了。蛇吃金属，这好像不是什么离奇的事件，好些个动物都吞吃金属。不过要是将这点用在深夜的暗巷中……我脑海里构思的恐怖画面刚刚展开，白蛇就已经到我脚下，仰头看我。它比蜕皮前大了一倍多，有我小臂粗细，两米长了。它身体上暗灰的大片花斑新鲜醒目，浅白色的鳞甲清晰光滑，是条很漂亮的蛇。

"你要跟我走吗？"我问。

白蛇吐出鲜红的信子，点点头。

我弯腰抱蛇。它有五六千克重，蜷缩在我怀中若婴儿般安详。

法海走过来。他不再是个包装箱般的怪物，而是铁皮威严的武士，虽然脸部线条过于坚硬，但这种冷峻风格时下颇受追捧。

雪见拍手道："法海你这样子才对！你们为什么要跑到这里来蜕皮？"

"主人有交代。"法海的语言能力随着他的变形而复活，他的记忆力似乎也恢复了，"此处乃有法力助我们留在世间。"

秋风清又一次举起了手机，他成功拍到了那棵老柳树瞬间枯萎死去的画面。

老柳树随即化为轻烟。

白蛇的这一次蜕皮着实吓了我们一跳。后来它每天都蜕皮，生长速度快到令我们麻木。蜕皮后的白蛇不再昏睡，很活泼地在别墅里游荡，胃口超好，头天30个鸡蛋5斤牛肉可以喂饱，第二天这么多食物让它吃了个半饱，第三天就只够它塞牙缝了。到第四天，它已经长成百公斤重，三米多长的一条巨蟒，随时跃跃欲试捕捉院子中的昆虫和小鸟。它太大了，因而发小同学建议将它送到海边他的度假俱乐部去，那儿方圆十里都是他的地盘，随便白蛇怎么生长。

这样我才有了在海滩上"遛蛇"的机会。白蛇一见到海水就撒欢，下水玩个没够。但我们考虑到它的庞大，还是谨慎地只在凌晨众人熟睡的时候才放它出来。

灰黑的天空里有了一点点朦胧的白，天要亮了。我踏上坚实的海岸，白蛇仍然没有出现。这孩子真是不省心。爬上救生员的观察塔，海风温柔地撩起我的额发，海水在天边轻轻哼唱，呵呵，倘若白蛇真能化身为美女就圆满了。

"五钱，是你在那里吗？"塔下有人问，却是红发。

"当然，除了我还能有谁。"我回答。红发喜欢通宵打游戏到天亮，这个时候他应该在床上才对。"怎么，睡不着？"我笑，"上来看海。"

红发就爬上来，观察塔一下子变得狭小了。他踮脚眺望远方："嗨，小白在哪里？"

"海里，估计走远了。"我说，递给他香烟，"一会儿你去厨房找点熟牛肉，它爱吃那个。"

"我们该教它捕鱼，生鱼又营养又新鲜。"

"好哇，你去教它。"

"切，那是你的蛇，它只认你，而且依赖你。"

"像只小狗。"我说，"这就是传说中的印刻现象。"

红发抱住脑袋，痛苦地晃啊晃："别和我说科学，我被柳大那套科学理论晕了一晚上。你说，按照那套理论我们真能从法海脑子里读出东西来吗？"

"控制论方面的学说，我也不是很明白。"我对柳大向来崇敬。法海蜕皮的视频传给他后，他又要了一块法海脑袋上的零碎金属块（我们从法海后脑勺上敲了一点粉末）。柳大认为宋人在机械方面的造诣很深，但不会采用硅制芯片储存指令之类的技术，他倾向于制造法海的金属是记忆金属，因而在适当的条件下通过对金属本身特性的研究就可以读出它所记忆的东西。三天后柳大E-mail来一个程序，叫我们给法海的脑袋加电压、光压，然后用这程序过滤取得的数据，看看能不能从法海那铁疙瘩的脑袋里弄出来点东西。这很及时，因为法海同学虽然开了铁口，但词汇量少得可怜，翻来覆去说得最多的就是——"法海谨遵驱蛇人号令""主人令法海守护白娘子"，问他什么都用这两句话回答，搞得脾气向来很好的文舟都有点不耐烦了。"柳大原来是工科大学的老师，应该没错的。放心吧，他要我们这么做一定有他的道理。"我按住红发的头，"我相信他。"

"可他后来去写科幻小说了。会不会脱离现实，异想天开？"红发依然怀疑。

我诧异，红发可是个游戏达人，看不出有现实主义倾向："你……你不觉得自己有点叶公好龙？"

"有点吧，"红发习惯性地挠他的头，"我读过柳大的东西，《惊奇档案》也买过，他专栏文笔很棒，那种幽默感国内作者的东西里很少见过。他的小说，《闪光的生命》《外祖父悖论》《断章：漫游杀手》都写得很精彩。他是个很棒的小说家，但我们不是在编故事。"

"为这个你一晚上睡不着觉？"

"啊，那不是，我昨晚上咖啡喝多了。不过我想要是能见见他……"

"他还在治疗眼睛，脑瘤可不是说好就能好的。"

"我知道，不过要能当面讨论，他肯定给我们的帮助更大。"

俱乐部那边，忽然有个小小黑影跑过来，一路欢叫："五钱——五钱——"是雪见！我立刻跳下观察塔迎上去。雪见还穿着睡衣裤，"你又不带手机！"她嗔怪，"害我还得出来找你。啊，红毛儿也在，正好，快走！"说罢就要拉我走。

"去哪儿？怎么了？"我和红发被她的兴奋劲儿搞蒙了。

"去文大那里。法海，法海脑子里有张航海图，我们读出来了。"雪见急急说，"快走！"

"可是小白——"我话音未落，脖子后面就是一阵凉风。我忙躲闪，却还是半个身体被海水中激射而来的一件物体击倒，重重跌下去。红发和雪见急忙伸手扶我，怎奈那物体比他们的速度快得多，瞬间将我卷起，稳稳扶正。

小白回来了。它嘴里衔了一团海藻，献宝似的搁在我脚下。

我弯腰捡海藻团，分量很重，便扯开外层的植物，却是一个瓷瓶。虽然被海水腐蚀得很厉害，但瓶身的形状和花色依然清晰可辨，和我们送去拍卖的那两件一模一样。

"你从哪儿找到的？"我问小白。蛇儿扬起它的头，淘气地吐信子。它的尾巴噼啪拍打着沙子，在沙子上弯弯曲曲画出了一条纤细的小蛇。

"圣血祭，宝塔裂，白龙出，青龙引，宋室江山，重盛于世。"绢帛上的字句，我字字都记忆犹新。

"你画的是小青吗？小——青——"我在蛇图旁写下这两个字。白蛇点头，迎风立起，身形比我高出一个头。它俯视着我，褐黄的眼睛中充满喜悦。

是的，那是一种喜悦的情绪，我确定。

"好吧，我们去找小青。"我说，"甭管是好是坏，这事情总得有个结果。"

第三场　起锚

5周前。香港长洲岛渔港。

夜。"顺风"号远洋渔船附近。

"我爱海盗！我爱小铁匠！我爱约翰尼·德普！"红发嚷着，从出租车上滚下来。

我扶起他拍打："到码头了，你的海盗梦马上就能实现。"

"哦，真的，真的有船啊！"红发狂笑，喷出的酒气可以点燃来烤羊肉串，"世界尽头，我们来了！"

"来你个头。"文舟从黑暗中现身，轻喝，"你们两个想把一码头的人都招来围观吗？"

"我们就是高兴，多喝……喝了一点。"红发试图保持住身体的平衡站稳，咬着舌头说。

"我告诉他上船后没有酒。所以，"我耸耸肩膀，"我们还去电影院看了《加勒比海盗3》。说实话，我不喜欢约翰尼·德普的做派，而且他把自己的心留下来换个不死之躯这主意也不高明。"

文舟帮我架住红发，语气中颇有些不满："让你们来，是不想引人注意，好家伙，你们干脆打辆警车来算了。"

"嗨，我们就是乐和乐和，没别的。"我四下张望，夜幕中的码头一切都影影绰绰，似我将赴的未来。从杭州湾到宁波港再到香港，最后到这偏僻的码头登上渔船，颇费周折，我们这一周被折腾得差点散架。"你们顺利吗？"我问。

文舟瞪我，眼睛中喷火，恨不得烧掉我这具臭皮囊："你还问！"

已经将近一吨重的小白，不要说抱，看看都觉得重。一路上光是装它的箱子我们就换了四个，这次更索性用上了集装箱。当然，集装箱的箱壁上都打了气孔。前几次换箱子是我和红发的工作，这次应我要求，文舟和秋风清接手，也体验一下我俩的"痛苦"。"不是还有那铁皮帮你们吗？"我笑，想到上船后还得和小白死磕到底，就不能不临阵脱逃去放纵片刻。

"指望他？"文舟也笑，"他也就站舱口震慑渔民，还真让人家当咱们黑社会老大了。"

不消说，这又是发小的功劳，他似乎五湖四海都有生意，走到哪儿都是一副地头蛇模样。给我们找艘船去南中国海简直小菜一碟，反正重赏之下必有勇夫，我面前的这艘"顺风"号就不闻不问地将它的前程贡献给了我们。

"船上的人怎样？好处不？"我问。

"嗨，就这么回事，目前还听咱们的。"文舟说。

　　我们此行的目的地在法海的航海图中叫瓦萨伽马，南中国海上的一个岛屿。当然，我们没有忘记法海的航海图是宋代的，特意请专家做了翻译。柳大介绍的专家，以为这航海图是某人新小说中的道具，连连夸赞绘制得非常细腻真实。航海图的现代版本拿到后，我们用了点时间搜寻，没有在任何地图上找到这个岛，只能真的去跑一趟。现在，我们距离预想的目标只剩下千万比例地图上的15厘米长度。

　　这时候发小送雪见来了。小姑娘要求逛逛香港的女人街，发小殷勤作陪，想必还有港式大餐什么的招待，看她脸颊绯红满面春风，黄昏一定过得很愉快。"嗨，都准备好了？"我招呼，雪见却不理会，一把将文舟拽到旁边，窃窃私语。

　　"她很放松，是个能担事的好姑娘。"发小对我说，这让我的尴尬减轻了一点。

　　"当然，穿越系的美女都很强，否则怎么到唐宋元明清去纵横驰骋？"我有点酸溜溜地说，"哥们儿和干哥哥还是有待遇差距的啊！"

　　发小微笑，显然领会了我的情绪，他及时转移话题："老五，你说的那个倪匡，我联系过了。"

　　"啊！"我无心的一句玩笑，居然被他当真，"倪匡说什么？"想当年倪匡的《卫斯理》系列可是我的通俗小说入门读物，从中读厌了外星人与史前文明，对卫斯理本人也渐渐失去了敬意。

　　"他说，严格地讲，应该是他的秘书说，"发小摊开双手做个无可奈何的姿势，"每天都有各种各样奇怪的事情和奇怪的人找卫斯理，等我们想出了更有创意的故事再去领号吧。"

　　"领号？"

"是啊，找卫斯理要排队的号码。"

我们对视几秒，"扑哧"笑出声来。"嘘。"我急忙制止他，"低调
低调——"

文舟和雪见走过来。雪见扔给我一个丝绒小包："柳大快递给你的。"

包里是一块琉璃扇贝项坠，用黑皮绳拴着，没有附言没有使用功效说
明，就这么块透明晶莹的物体，微弱反射着周围的灯光和水色。

"干吗用呢？"我问。

"不知道，就是说要给你。看来你在他心里很特别。"雪见说，"他
可没给我们什么。"

文舟说："雪见，柳大已经给我们很多帮助了。要是他健康允许，他
一定会来加入我们的行动。"

"文大说得对，柳大他的精神与我们同在。"我受不了人家对我的偏
爱，忙顺着文舟搭的梯子接话，顺手将项坠戴上。那边发小的人从舷梯上
冲下来，报告一切已经准备好了，船长问几时可以开船。

"马上。"文舟说，拥抱发小，"多谢了！"

"嗨，应该的。等你们回来我给你们接风洗尘。"发小笑，做"V"字
手势。

我那孪生妹妹忽然来电话，问我最近怎么了，她梦到大水，我在水中
窒息。我说没事，最近都在海边写东西，争取年底和她一起回老家探亲。

"我知道的，你一定有什么事情，别硬撑着，要是挺不住，就别干
了。"妹子还是担心。

柳大送的项链握在手心，船已经在鸣汽笛，都到这个时候了，我能说不
干吗？"放心。"我对电话中的妹子说，"你老哥从来不是拼命的人。"

红发忽然抬起昏沉的头，"前进，"他低声吼，"南中国海！"

幕间

日。"顺风"号远洋渔船甲板上。船长，众船员上。

船长：谁知道鱼舱里的怪物是什么，我就给他一块钱。每天我们早晚打来的鱼，都被它吃得一干二净。

船员甲：照我看那是头狮子，打呼噜的声音胜过台风的呼啸。

船员乙：不可能，你听说过狮子吃鱼？我觉得那肯定是一只鳄鱼。听它爬行的声音，好像载重卡车驶过桥梁。

船员丙：我曾经想溜进鱼舱，却被守在舱口的墨镜男阻拦。那个人目露凶光，杀气腾腾，24小时寸步不离。我相信倘若靠得太近，就会被他一刀捅死。

众船员：怪物在甲板下走动，我们的心跟着一起颤抖。船长，我们还要往哪里走？为什么船停了下来两天都不动？听说台风就要到来，我们可不能再在海上游荡，而且这一带经常有海盗出没，我们更不该大摇大摆再在海上游荡。

船长：这里就是航海图上的目的地瓦萨伽马，我从没听说过这样奇怪的地名，一片汪洋里连块儿落脚的礁石都不存在。那帮大陆仔应该死心塌地，我这就掉转船头返回香港。你们留神鱼舱里的怪物，可别让它伤着。回去我们拿到另一半租金，今年都不用到海上拼命。

（众船员下。文舟、五钱上。）

五钱：我们离开香港已超过一周，在这里两天的搜寻一无所获。那航

171

海图上的目的地，只是一片湛蓝的海水。如果不是我们把图弄错，就是800年的时间抹平了瓦萨伽马。也许是海啸也许是火山，总之这目的地不复存在。文舟，我很遗憾这样的结局，但也算是个结局。让我们下令返航，赶在台风前安全回到香港。

文舟：是的，台风即将来临。但这两天里，老五，你也看见的，白蛇它发生了怎样的变化。它不再蜕皮，却仍然生长，它的头上还有身体上都长出了囊肿似的巨大包块。这个地方对它有种奇特的力量，我们应该等待，等待它最后的质变。

五钱：质变？你的话我怎么一点都不明白？

文舟：老五，塔文写得很清楚，白龙出，青龙引。

五钱：你是说白蛇会变成龙。别开玩笑，文舟，古人根本就是把龙蛇混谈。

船长：二位，二位，台风要来了，我们可不能再这样在海上转悠了。我们应该立刻返航。

文舟：再等一天，船长，那台风还离得远。老五，我们现在回不去了，不是回不了家，是返回不了过去的状态。我们只能往前走，遇佛杀佛，遇神杀神，等待小白变化，等待小青出现。

船长：台风那玩意儿说来就来，这艘船还不够它塞牙缝。二位先生你们不懂海上的事情，就请听从我的指挥。

文舟：你这样回去就是没有完成合同，这船的另一半租金我不会支付。

船长：那我把救生艇给你们留下，你们愿意在这海上玩多久随意。

五钱：大自然无情，风雨翻脸不认人。文舟，我们还是赶快撤离到安全水域，等天气好转再来这里探寻也不迟。

文舟：船长，我付的押金都够买下你的船。要么你和我们继续在一起，要么你带着你的船员坐救生艇走吧，我不会挽留你们。

（船长正欲拔枪威胁，众船员踉踉跄跄摔着跟斗上，红发和秋风清跟在后面。）

船员甲：怪物！怪物！船长，那个怪物它的眼睛赛过探照灯，它的嘴巴就像绞肉机。它朝我喷了一口气，我就仿佛掉进了鱼肉罐头工厂，被鱼腥味熏得睁不开眼睛。

船员乙：我向它投掷鱼叉，却连它的皮毛都没有沾到。它滑不溜秋像条鳗鱼，可最粗的鳗鱼都不够它填牙缝。

红发：你们别跑，小白是条温顺的蛇，它不会伤害你们。

船员丙：如果是蛇怎么会有山那样庞大，眼看就要将鱼舱撑破。船长，我们应当立刻报警，请求支援将这怪物生擒。

秋风清：你们别跑，这样会激发白蛇的攻击性。站住！

船长：出什么事了？你们这群废物，要镇定！

众船员：船长，怪物，怪物来了！

（白蛇逶迤上。众船员见到白蛇，四散逃窜。雪见、法海上。船长抓住文舟。）

船长：你把它赶走！把它赶走！

文舟：叫你的船员停下奔跑，不要再激怒白蛇。

船长：不行，你把这怪物赶下海，我就放了你。

（法海出手擒拿船长。）

雪见：法海，别伤了文哥！

五钱：小白，过来，到我这里来。

（白蛇昂首而立，茶杯大的鳞片迎风张开，姿态雄伟。它抖动身躯，角、爪、翅膀，从它身体各处生长出来，迅速长大，它变成了一条龙。白龙伸出巨大坚硬的爪子抓住了五钱。）

五钱：小白，你真是一条龙啊！

红发：哈哈，现在天下所有的奇幻作家都会羡慕死我们了。

秋风清：当心，老五，别让那爪子伤到。

雪见：文哥，你没事吧？

文舟：不错，小青应该就要来了。

（白龙将五钱抛向空中，张口吞下。雪见狂叫，也被白龙抓起吞噬。甲板上顿时混乱不堪，灯光灭，幕黑。）

（过了片刻，一点微弱的光亮从五钱脖颈上发出。瘫倒在地的五钱慢慢抬起上半身，艰难地站起来。）

五钱：这是哪里？有人吗？喂！文舟，秋风清，雪见，红发！你们在吗？在哪儿！你们回答我！为什么到处都是黑暗。啊，什么东西在发光？是柳大送的琉璃贝壳，发出柔和的光，温暖我僵硬的身体。柳大啊柳大，你难道有未卜先知的本领，知道我今天的遭遇？我被一条龙生吞了，这话说来谁信。那我现在在哪里，我的伙伴们又在哪里？他们如果出了什么好歹，我也一定活不下去。

（五钱慢慢在贝壳光里摸索，被脚下什么东西绊住，他举起贝壳，发现文舟等人横七竖八躺在地上，五钱扑上去仔细端详。）

五钱：文舟！秋风清！雪见！红发！你们醒醒。醒来啊，我们的航程还没有结束！不要这样一动不动。睡着了吗，怎么连呼吸都没有了？难道你们死了？啊！死了，伙伴们？雪见，文舟，快醒醒！红发，秋风清，说呀！说呀！哑了吗？唉，死了！从今以后我们就是生死异路，只有忧愁、悲哀和无尽的孤独陪伴我了！是你们将我从灰暗死寂的恐怖小说中召回人世，让我重新看到青山翠谷、明亮蓝天。我不祈求魂灵在小说中上百年的存活，只愿能常为人形和你们有几日快乐的相聚。友谊，你们给予我的，高贵、炫目、温柔、华美，它依旧在你们血色褪尽的脸上闪耀。我胸腔里跳动着你们用友情复苏的心，我躯体里充满着你们用友情填充的灵魂。我们发过共同揭开这白蛇秘密的誓言，可是，你们怎么能这样丢下我去了黄泉？那些共聚的时光都像幻影般消逝，和你们相识如在昨天。叫我怎能在这世上独活！永别了，我的妹妹。再见了，等我填坑的编辑和读者。我将追随我的朋友，我定会和他们在天国里重逢，为这断肠的告别、这残酷的人生流下泪水。啊，这儿还有一把瑞士军刀，可以用它结束生命，就让它把我的动脉刺穿，成全我的心愿。

（法海牵龙魂上，对五钱行礼。）

五钱：啊，我看见了铁皮法海。他身边那人是谁？那小女孩儿白色衣裙，通体透彻晶莹，就仿佛我手中的琉璃贝壳。莫非我已经死亡，看到了天使？

龙魂：主人，我不是天使，我是白龙的龙魂。主人您现在是在龙腹之中，非常安全舒宁。主人您醒来可有不适？

五钱：我很好，我的朋友们是怎么回事？他们一点生息都没有。

龙魂：他们的魂魄在我这里。这些凡夫俗子，他们没有资格进入宁静海。

五钱：你说的我一点都不明白。

龙魂：我将带主人穿过瓦萨伽马，去小青妹妹的领地宁静海。它在那里等候主人很久了，但只有主人才能去，启动庞大的舰队，恢复大宋的荣光。

五钱：我不管，他们不去，我也不会去。我发誓，我会用血维护我的誓言。倘若我的朋友们死亡，我一定追随他们而去，绝不独活在人世。

龙魂：可是……

五钱：我是主人，我命令你！

龙魂：主人，您用血唤醒了我，用肥美的食物喂养我，您的命令我必须执行。但我要警告您，这些凡人可能会给您带来危害。其实他们留在这里挺好，我保证送他们平安回家。

五钱：若不是我去西湖探险，怎么会引出这些事端。若我的朋友们就这样回家，他们的努力就全然没有效果。我要他们见到我所见的，心满意足，不枉费这几个月的辛苦。

龙魂：主人既然这样说，我遵命就是。来来，生人魂魄来，填充这些干瘪的躯体，还给他们记忆与感情。

（一颗颗晶莹的珠子从龙魂手中升起，飘进文舟等人的胸膛。他们的胸膛微微起伏，发出沉重的呼吸。）

第四场　古舰

失去时间。宁静海上。

日。

"我早说它会变成一条龙，真龙天子嘛，没听说过真蛇天子的。"文舟说。

"哇！太酷了。我估计它有15米长。"红发的整个身子都在抖。

"25米，起码。"秋风清一贯镇定，"身体直径在4米左右。"

"小白！"雪见呼喊，伸手招呼，"小白你过来好吗? 我好想摸摸你。"

我看着他们，无法相信他们曾经死去。他们吵闹、争执、笑骂、推搡，满脸都在享受这不可思议旅程的快乐。灿烂的阳光在他们身上闪耀，湛蓝的海水在他们四周荡漾，干爽精致的木船载着他们平稳行进。这不像一次探险，更像大学生的假日远足。倘若不是白龙在半空中如影随形，我真的会以为龙腹中的所遇所见只是梦境。

"老五，你不要一脸苦大仇深。你是故事的主角儿啊。"文舟笑，"没你我们走不到今天。"

"哦，"我答应着，龙腹的事情还是不说了吧，徒增大家的烦恼，"我们什么都没有了，装备一件没带，赤手空拳面对未知。"

"嗨，我们早注意到了，没事，有脑子在呢，什么麻烦都会解决的。"红发安慰我，这话从他这装备达人口中说出来还真让我吃惊。他继而抖抖身上宽大的袍子："这比西湖底下我那身学生装强。"

文舟拍我的肩："发现我们只穿着宋朝衣服躺在这船里的时候，我也和你这么想。可是哪个MM会带一堆装备穿越呢，不都逢凶化吉遇难呈祥……"

"文哥，"雪见娇嗔地打断文舟的话，"你又拿穿越文来说事儿。"

"哪儿有。我只是想表达一个观念——我们表现不会比美女们差。"文舟说，又给我一拳，我坐在船头，险些仰倒，背后就是大海。

秋风清一把抓住我。他指指远方，平静地说："青龙来了。"

177

的确有一条青色的痕迹，从海天交际处升起，越来越快地向我们靠近。白龙飞高一些，发出洪亮的呼号，声音震动海水，海面波涛汹涌。我们急忙用脚下的绳子将自己捆在座位上。

"这是宋朝的安全带？"红发还有心情调侃。我瞪他，他却做鬼脸。

片刻就有清脆高亢的啸声传来，显然是那青龙在呼应。两个啸声此起彼伏，几分钟后便重叠为一体，宛若天籁。

青龙飞得近了。它约莫是白龙的四分之一大小，银色的犄角、五爪和近乎透明的翅膀映衬着青碧色莹润的身体，非常秀丽。

两条龙欣然并肩，摩擦着碰撞着，仿佛久别不见的孩子。青龙漂亮的头从我们脸前掠过，胡须伸手就能抓到。

"小青！"雪见叫，"小青！"

青龙咧开嘴笑了。它忽然转身，尾巴扫在船尾。那船迅即往前冲去，冲上一个大浪，我们不由得惊呼。船又从浪尖滑下去，飞向海面，似快艇般疾驰。

此时，从青龙来的地方，无数桅杆像树木一样生长起来。桅杆上飘动的船帆，便如树的枝丫，迎风摇摆。

我们瞬间忘记了呼吸。

那是一支混编的庞大船队。高高低低大小不一的船只数不胜数，帆连成云，船接为山，若浮动的城市。中央的一只金色大船尤其巍峨雄壮，船楼犹如宫殿般富丽堂皇。

我们吐出一口气。

船队越来越近，我们看清楚船上无数翻飞的旗帜。每面旗帜上都有个大大的"宋"字！

白龙、青龙降落到海面上，一左一右夹住我们的船。那些船上便有许许多多的人蜂拥到甲板上，望着我们，挥手，发出雷鸣般的呼喊声。

"终于到达终点了。"文舟说，他望着大家，尤其是我，"咱们静观其变。"

两条龙伸爪，搭住船帮，竟将我们的船从海上提起，径直飞向为首的那艘金色大船。我们解开身上的绳子，尽力放轻松。我深呼吸，什么都不想。

眨眼间龙们就把我们的小船放了金色大船的甲板上。小船顿时消失了，我们站在甲板中央。更多的欢呼呐喊声从四面八方响起。白龙与青龙顺主桅杆盘旋而上，变成两朵五色彩云遮挡我们头顶的骄阳。

一队官员模样的人匆匆奔来，领头者一文一武。武者一身禁军军官装束，铠甲抖擞，体魄强健。文者朱红大袖礼服，直角纱帽翅，高大肃严。武者大步流星，文者只能亦步亦趋紧跟。二人走到我面前，端详我片刻，便扑通跪倒。周围众人，连各船水手兵卒也都一起跪下。喧闹的船队忽然之间静寂无声，只有海风与海浪声，做着轻柔的背景音乐。

文武二人道："臣翰林学士周朗，禁军都统刘剑雄恭迎陛下。"他们都哽咽着说不下去。

我连忙扶他们起来。那刘剑雄与我年龄相似，眉宇之间却有着我无法相比的刚毅和沧桑。周朗则……则……我一时惊愕，以为铁皮法海忽然变成了有血有肉的真人。文舟轻咳，我克制住波动的情绪，平静地说道："诸位大人快快请起。辛苦了。我等远道而来，且容我们休息一下再做商议如何？"

"陛下吩咐，岂敢不从！臣亲自伺候陛下更衣。至于陛下的随从，"

179

周朗叫，"司仪官何在？"

一个矮小的男子从官员队伍的末尾跑过来，战战兢兢。

周朗吩咐："你安排陛下的随从去休息吧。"

"且慢，他们一直跟随我左右，我不想和他们分开。"我说。

周朗脸上没什么表情，诺诺答应着。

"陛下荣归！今日无比光耀！"刘剑雄大声道，"传令下去，今夜大宴，三军同醉！"

顷刻间周围又是欢声雷动。彩云四散，双龙复现原形，翻腾入海，须臾跃出海面，喷水若雨，空中结成四条彩虹。

欢呼声一波盖过一波，简直要震坏我的耳膜。我到底不够老成，问周朗："为何军民如此欢腾兴奋？"

"他们在此等候陛下多年，见到陛下就有了回家的期望。"周朗说。

"回家？"

"是的，陛下将带我们重返中原，恢复大宋疆土。"

"啊！"我顿住，满目里大宋的旗帜飘荡，这就是"宋室江山，重盛于世"的真实含义吗？西湖底的一幕幕场景，忽然之间连成完整的戏剧。我颤抖的声音问："白素贞在哪里？"

周朗庄重的面孔有刹那的混乱，但立刻恢复原样，答道："她不在此船上，臣这就叫人找她到宝船来。"

宝船十分庞大，五层船楼雕梁画栋，头门、仪门、丹墀、滴水、象鼻挑檐一样都不缺。挑檐上甚至还安了铜丝罗网，不许海鸟靠近。进入船楼，家具陈设之富丽堂皇，内侍宫娥之衣着鲜亮，都超出我们的想象。给我准备的卧室足有一百平方米，安排文舟他们住宿的侧室在我卧室左右，也都有五六十平方米大小，华美宽敞。

内侍们以瓷瓶盛热水来，为我洗浴更衣，换上金龙缂丝黄色袍子，犀角嵌金玉环腰带。这些内侍大都来自沿海城中，言自己少小时便上得船来，不知寒暑春秋，也从未离开过宝船。房间角落里有面一人多高的镜子，却非铜镜，乃是玻璃制成，与现代镜子无异。我看着镜中金冠高耸，黄灿耀眼的自己，确实与画像中的孝宗皇帝肖似神近，看来我的血统无可争议。

周朗一直在卧室外等候，此刻进来道："七日后诸星汇集紫微星垣，正是百年不遇的吉时，青白二龙吸取天地星辰之精华，开海门，铺海路，我大军须臾之间就可直达钱塘江口。陛下复兴宋室，收回北方疆土之愿，很快便会实现。"

看看左右无人，我凑近周朗说："你确定我就是你的陛下吗？"

"若不是，白龙断不能出现。"

"可是宋孝宗皇帝已经死去800多年，你知道吗？过了800年了！"我压低声音。

周朗脸上却一丝惊异也没有，镇定程度或许只有秋风清能相比个五六分。"我知道。但陛下您有孝宗皇帝的血，您就是他的化身。在臣眼里，您就是陛下。"

"你知道已经过去800年？"倒是我不能掩饰目光中的疑惑。

"不知。仪象台计年不过才到了淳熙66年而已。"周朗说。

"周朗，我不是你的皇帝，即便我有他的血统，你明白吗？如果你不把事情的前因后果告诉我，我就没法儿实现你们皇帝的愿望。"

此刻，我的朋友们也结束了沐浴，闻声而来。他们被绫罗绸缎层层包裹，雍容华贵得像暴发户的孩子。

周朗不明所以："什么前因后果？陛下您自己定下的策略怎会一无所知？"

"我并非你的陛下，你怎么不明白呢？"我说不清楚，便向朋友们求助，"你们和他讲。"

秋风清将那铁皮法海拉到周郎面前，问他："此人为何与你一模一样？"

周朗轻蔑，道："许仙便会这些雕虫小技尔，以此人像仿我而已。"

"你认得许仙？"雪见急问。

"怎么不认得，若非他从中作梗，陛下早就启用我这无敌舰队，何至于要我在海上苦等这许多年。"

"他却怎样从中作梗？"文舟问，"整个南宋的官员档案里都没有他的名字，他是皇帝身边的什么人？"

"宦官。"周朗平静地吐出两个字。

我觉着后脊梁有股冷气蹿上来，朋友们也是表情各异，都被这两个字吓着了。我们来时设想了种种可能，但绝没料到是这种诡异的故事。

"许仙，他来了吗？"忽然，一个丝绒般柔软性感的声音响起。请原谅我的用词，我实在找不出其他词汇形容这种美妙得蛊惑人到骨子里的声音。若希腊美人海伦拥有这样的声音，特洛伊为她进行十年战争实在不算什么付出。

声音未落，一位娇小丰润的少妇已翩然而至，正是我墙上那幅画里的白素贞。她比画中姿容艳丽得多，即便青衣素裙也难遮她的风采。看来，她画自己的时候全不用心，情感都倾注在了许仙身上。

白素贞扫视在场诸人，失望之色不加掩饰："许仙，他没有来吗？他还是不愿意来啊。"

"你不妨问问陛下，他为什么不愿意来。"周朗说，对白素贞丝毫不客气。

白素贞这才将她美丽的头转向我，秋波婉转之处，若西湖碧水涟漪，令人血流加速心跳加快。我这自诩从不为美女折腰花痴的人，也不由得低头颔首，温柔道："你找许仙？"

白素贞点头，却又摇头："不找了。在他心里，我终究抵不过他的君王。"美人黯然使房室晦暗，我们心头都飘了雨，愁绪不断。

"是我做了什么对不起你们的事情吗？"我惶恐，恨不能效仿周幽王烽火戏诸侯，以博美人一笑。

白素贞说："您怎会做对不起我们的事。便是皇上，只有我们负他，没有他负我们的。"她倒很清楚我是个赝品。白素贞又问道："西湖蛇冢之中，你们可曾见到许仙？"

对这样的问题只能实话实说。好在我们都是写小说的，讲故事虽不如单田芳、刘兰芳引人入胜，却也是有声有色，场景渲染得如同亲身经历。听到岁岁莲，白素贞的眼眶就红了，待说到白老太太之死，白素贞玉般的脸颊滚落下一颗热泪。

"哎，"周朗轻轻叹气，对白素贞道，"如何，你该明白了吧？我虽然不喜欢他，却并没害他。"

白素贞道："我明白，我错怪你了。"又看看我，"官家想必也是有许多苦衷的吧？"

"啊，"我发愣，不知道怎么回答她，"孝宗皇帝，算是个有作为的皇帝，史家评论还是不错的。"

白素贞点点头："他终究舍不得。"也不知说的是谁，目光缥缈，慢慢向门外走去。

周朗叫她："你且慢，七日后陛下加冕登基之事，需你之力方可。"

白素贞说："何必再去扰那世人清静！"竟向屋角墙柱上撞去。

第五场　归心

2日前。宁静海。

日。大宋舰队宝船。

南宋淳熙十六年，也就是公元1189年春天，年仅20岁的青年军官刘剑雄被召入宫廷面见皇帝宋孝宗。刘剑雄的父亲身为主战派武将，平生愿望就是收复燕赵失地，为此一直受到排挤。老态龙钟的皇帝赵昚回顾自己的青年往事，为没能够实现北伐壮志而唏嘘不止。刘剑雄无言，只能听着。然后皇帝又说，有人夜观天象，说宋国90年后将破于异族之手。这个可怕的预言令刘剑雄肝胆欲裂，他再三表示对皇帝的忠心不二。皇帝便令刘剑雄到南方去，并给了他三个锦囊，嘱咐他每隔十年打开一个。

陈述这段往事时刘剑雄仍然很激动，一半原因是他从没和人谈起过，这样的秘密憋在心里，一旦爆发便是轰轰烈烈；另一半原因是他认为说出来才够忠诚。我在他眼里，就是皇帝赵昚，轮回几生几世都改变不了的事实。从他激动的长篇言词中整理出的事情的轮廓，竟然只有这么短短几行——许多人的一辈子都还写不了这么多。

　　刘剑雄奉旨在广州港口寻找他要统率的船队。那是一支由商船和战舰混编的庞大船队，浩浩荡荡，宛若一个海上国家。船队南下，过马六甲海峡，行印度洋，直抵红海，航行四年，获利甚丰。回国途中，刘剑雄得到孝宗皇帝驾崩的消息，他怀着沉痛的心情打开第一个锦囊，囊中书信吩咐他在某地接应一位叫周朗的官员，这官员随身携带着一条青蛇。这条蛇有任何异样刘剑雄都不能害怕，还要照顾好它和周朗，因国家之命数"皆在此青蛇上"。

　　于是刘剑雄找到了周朗。周朗告诉刘剑雄，皇帝是被他不孝的儿子害死的，冤魂不散，将在十年后重生，他需要找一个僻静之处，演练兵马，以图辅佐重生的皇帝兴盛大宋，一血靖康旧耻。刘剑雄便选择了一个海岛，用贸易得来的金钱召集人马，日夜训练。十年后，他们没有等来重生的皇帝，而是冬眠的青蛇突然苏醒。刘剑雄打开了第二个锦囊，锦囊之书要他跟随青蛇的足迹而行，与周朗分享统率船队的权力。刘剑雄不折不扣地执行了命令，宝船上帅府议事厅自己座位旁加放了周朗的座位。青蛇引领船队穿越激流和漩涡，在暴风雨之夜进入宁静海宽阔安宁的怀抱。宁静海物产丰富，刘剑雄的船队不乏供给，只是时间过得异常缓慢，衰老与成长都遥遥无期，800年在他们的计时系统仪象台中却只显示出50年。青蛇再次冬眠了。

　　最后一个锦囊则指示刘剑雄此刻宋国已被灭亡，只有海外他的船队是宋国最后的希望。他需要等待，等青蛇苏醒蜕变为青龙之时，便会有一个人，是皇帝的真正转生，来统率这支船队回到故国，去恢复大宋昔日的疆土与荣耀。

　　无数年漫长的海上生活，未曾磨去刘剑雄对君主的信任与忠诚。"陛下不会忘记我的，我就是陛下最后的棋子。"刘剑雄说，他差不多醉了。这不容易，船上自酿的酒绵软甘香，酒精度很低，我们喝掉两坛子后才略微有些醉意。

"你不觉得这件事荒诞无稽吗？"我试探道。

"不！"刘剑雄跪倒在我脚下，"陛下就在我的面前，双龙时刻守护着陛下。陛下是天龙化身，行事自然不可以常理而论。"

"已经过了这么多年，外面的世界完全不是你能想象得到的。你们，拿什么去……"我斟酌用词，尽量平和一点，"恢复大宋呢？"

刘剑雄青筋突张："陛下！您怎么对我们没有信心呢！您看到的，我们有能力，要不要我们再演示给陛下您看？"

我忙摆手，两天前那场介于魔法与科学之间华丽的武器表演已经让我们头晕目眩。我们一时搞不明白，那些看起来简陋粗犷的兵器怎么会产生丝毫不亚于现代武器的杀伤效果。

"那么，陛下后天加冕登基之后，便可在双龙引领下带我们回去了。"刘剑雄颤颤巍巍将我的蓝釉爵杯灌满酒，"臣能见此盛况真是三生有幸。"话语诚挚，是真心发自肺腑之言。

我饮着那酒，却觉一口比一口苦涩。刚才甘爽的美酒，现在则如利刀，刮着我的舌头刺痛我的心。

一天前我去看望了白素贞，她撞柱伤得很重，但周朗所用之药效果奇佳，竟然两三日间就伤愈如初，只是身体有些虚弱，还需卧床调理。雪见在她床侧，正聊着。白素贞见我便道："您来得正好，雪姑娘问我和许仙还有周朗之间事，"她半靠条枕，捏条天青色丝帕，沉吟，"只是我们之间的瓜葛，只怕讲不清，何况我知道的也不是全部。"

我便问："许仙与周朗都想着北定中原，两人都有天大的能耐，皇帝得这两个左膀右臂，为何不能成事？"

白素贞潸然泪下："若是同时出现，又都光明磊落，自然对官家有利。但淫技奇巧，终究无法拿上台面。陛下不得不用私房钱置办装备，要在西湖下制造惊天武器，更费了许多周折。你们后来人读历史，该比我这井底观天的女流之辈更知官家北征之事的艰难。"

我与雪见都点头。孝宗皇帝早年给岳飞平反，重用主战派官员，积极备战，但北伐失利，被迫签下纳岁币割六州的"隆兴和议"，而后虽然每有所图，奈何朝中主和派渐占上风，又无将才良帅可用，锐气终被安于现状的主流意识消磨。到淳熙年间白素贞画像之时，临安城"暖风熏得游人醉"，谁还管北方大片领土沦丧，同胞受苦。

白素贞又道："许仙与周朗都想得到陛下支持，彼此挖苦，互相讥笑，也是有的。总是法术体系不同，又都莫测高深，皆为陛下许诺长生不老，陛下不能分出优劣，只好将这二人之计各取一半，加以利用。"

"所以蛇冢会有两套看护方式。那个白素贞完全模仿你呀，是周朗还是许仙的设计？"雪见问。

"当然是周朗。他有仙术，可造幻景。"白素贞脸皮微红，"许仙却从不屑这个，更爱机关制造。"说到这里，神色倦怠，雪见暗示我该离开了。

我心中却还有万千疑问，但正如白素贞所说，有些事情她无法知道全部，当局者尚且迷，何况我们在800年之后眺望。不过有件事情，白素贞应该说得清。"许仙为何管周朗叫'法海'？你，又究竟是谁？"

白素贞微笑，秀目半合："法海那和尚驱蛇，讨厌得很，许仙不喜欢。周朗吃蛇，所以就给他这个绰号。至于我，我从小学了御龙之法，于人迹罕至处寻到了白青二蛇，否则怎会有后面这许多故事。"

离开白素贞的船，我和雪见坐快船返回宝船，两人各怀心事，都是一言不发。眼见宝船在即，雪见才说："来时牙大叫我告诉文哥，他最好不要上船，因为上了船就会有生命危险。我觉得牙大这次没算准，我们一路上都很顺利。"她歪头看我，很认真地问，"五钱，你真会带船队回去吗？"

"怎么问这个？我以为你会理解白素贞的话。"

"我不懂她。她若喜欢许仙，又怎么和周朗在一起？是法术体系更相近吗？想她会让人头痛，她又那么美，难道皇帝不动心？男人没有不动心的吧？"雪见斜睨我一眼，"你知道平静海上最让我讨厌的是什么？"

"是千辛万苦穿越过来后发现，原来自己还是做不成第一女主角，早就有倾国倾城的绝世佳人占据酷哥们的心房。"我说。

雪见看我的目光冰冷。

"我说得太透彻了是吗？可是雪见，你的幸福和穿越无关，不在这里，不在这个虚渺的地图上不存在的地方。雪见，"我多么喜欢这两个字的发音，像一株香草在我手心开花，"你该回到大学校园去，那儿满是生龙活虎的帅小伙儿。"

"你不懂，"雪见低声说，"我走不了，我只能跟着你们了。"

"文舟吗？他始终只当你是妹妹。"我不想说破，但我还是说了，我很讨厌，"感情的事，勉强不得。"

雪见撇嘴，似乎想反驳，但委屈与辛酸却无法克制地涌上面容，她捂住脸，把头埋进双膝间，嘤嘤哭起来。

"又不是你的错，不要哭。"我多想把这小姑娘揽到怀里，告诉她爱她的人到处都有。可是我动弹不了，我不能给她的伤痛上再添新愁，"回去吧，文舟是个好哥哥，但不是你的真命天子。"

"那你呢？"到底是文人，神经里多一份纤细的敏感，雪见抬起哭花了的脸，"红毛儿说你很喜欢我。"

我真想跳进海里淹死算了，羞得无地自容。"是，你是人见人爱，花见花开的雪见，谁认识你久了都会喜欢你，包括文大。只是，不是你期盼的那种喜欢，那种男女之情。"

宝船已在眼前。雪见匆忙擦脸，掏出化妆镜来补妆，依旧是那个清丽娇俏的小姑娘雪见。

"很好，雪见，我喜欢你现在这个样子，挺阳光挺朝气的。我会永远记住，这样宁静海上的日子会好过一点。"

雪见诧异："你这是什么意思？五钱，你要留在这里？"

"是的，我要留下，我不能带船队回去。"我回答道。

想到我对雪见说过的话，我怎么喝得下刘剑雄的酒。我承担不起他800年的期待，我更不愿意将宋人带入他们不熟悉的800年后。那是无法想象的灾难性的未来。酒实在是喝不下去，我借口醉了离开刘剑雄的舱室，回到我那金碧辉煌的房间，还没坐定，文舟就冲进门，劈头盖脸地问："为何你不带船队回去？"显然是雪见告诉了他我的决定。

"你们回来了？整个船队都走遍了？印象如何？"我却问。那场宏大的武器演练后，文舟、秋风清与红发便在周朗陪同下去巡视船队。而我是九五之尊，不可擅动，只能站在船楼的高台上用目光检阅我的战舰。

"印象当然好，战舰装备齐全，生活船舶内容丰富。他们用海里捞出来的一种白冰做燃料，已经实现了舰船动力机械化，还在珊瑚礁上种水稻，在甲板上打捶丸，总之自食其力自得其乐。"

"捶丸？就是高尔夫球前身的那个玩意儿吗？嗨，哪天我也去玩一把。"

"别走题，你打算留下，不带船队回去了，是吗？"文舟绝少气愤，但他此时怒火中烧，身上有杀气。

"我要回去的，我毕竟不是宋朝的人，这里没有我的生活，但我不会带这舰队回去，我不想给这个本来就乱七八糟的地球再添乱了。"

"五钱，你……你脑子坏掉了。想想看，这是什么样的机会！一支舰队！它会影响整个地球的历史进程！不是用武力征服，而是用财富，用那种强调天人合一的纯粹依靠自然力的技术。我们不用再写那些幻想小说，不用编造一个世界来展现智慧，这就是我们的世界，我们可以主宰它！"

"我们可以吗？文大，这世界是宋人的，我们插不进去。"

"你太悲观了。我这两天和他们聊，都是些很纯朴的人，听说能回大陆都很开心。他们不想再看见海，想让自己的下一个孩子在陆地上奔跑。只要适当组织，我们完全能够指挥这个船队。这没问题，你是皇帝！"

"你已经有了完整的计划？"我问。

文舟点头："大致有一个，当然不能让他们真的去打仗。我们可以先买个大点的岛屿，让他们适应现实的生活，然后再把船上的技术一点点拿去申请专利，方法很多。"

"刘剑雄要打仗！要收复北方宋国疆土。"我说，"他不是商人，不会妥协。"

"我们可以说服他，有你在，都好办。"

"不好办。文大你去看过这些宋人的生活，你都说他们是快乐的，幸福的，那我为什么要破坏他们这种幸福，仅仅是为了那早就灰飞烟灭的宋国？"

"为了世界更美好。"

"那就更不该了。文大，我们玩不转这船队的，我们的脑子已经被小说这件事情格式化了。写作让我们忘却现实，沉浸在自我的快意之中，最终以为世界就是我们小说中写的那个样子。"我不无感伤，"文大，你是个有潜力的作家，我不想你因为这个突然从时间缝隙中冒出来的宋朝舰队丧失你的创作力。"

"如果我可以掌控这个舰队，我宁愿此后一个字也写不出来！"文舟低吼。

我很想往他脑袋上浇凉水，但这种行为实在不符合一个君主的礼仪，我只好说出那埋于心底很久的话："好了，文舟，我按照你的意志已经把游戏玩到这里了，我不想再玩了，我撤了。你说我懦夫也好、窝囊废也好、没热血激情也好，没关系，我能走到这一步，已经很满足，大开眼界。"

"你什么意思？什么按照我的意志？"文舟有点发蒙。

"一开始这就是个圈套，你没去过杭州你也没梦到过白素贞，我不知道你从哪儿搞来的画，你在骗我。"

"老五，你这说的是什么话！"

"白老太太说她的法力出不了西湖，她怎么可能给在坝上的你夜梦传画。往好里想你只是纯粹好奇，想要个傻瓜给你开路看看能发生什么；往坏里想你野心太大，也许想用这支舰队横扫南太平洋，重新书写历史。"

我平静地说，我不生气，没有文舟的骗就没有我今天站在这里被称为皇帝，而且我真的将文舟当作朋友看，毕竟能有几人一起出生入死？"文大，"我的语气诚挚，"你到底怎么想的我不计较，我就是不想再陪你玩了。白蛇的故事，就此了结不要再继续了。"

文舟说："五钱，我不是要存心骗你，而是后来发生的一切我根本无法掌控。那张孝宗画像确实不是白老太太传给我的，但那是真迹，白素贞可以作证。事情的起因是我在旧书堆里发现了一份南宋的秘密档案，显示孝宗皇帝曾数次拿出私房钱来修理西湖，原因不明，我对此非常感兴趣，就去MSN上和柳大讨论，然后柳大快递来一张孝宗画像。然后，我在笔会上发现你的名字还有长相都和孝宗一样。写东西久了，我容易联想，所以就临时编造了断桥故事，就是这样的，我真的没有恶意，你觉得我像个坏人吗？"

柳大，怎么是他？这事件的始作俑者竟然是他！我真有点雾里看花了。"你当然不是坏人，但我肯定不会达成刘将军他们的愿望，我说到做到。"我回答得无比坚定。

文舟还要劝说，秋风清与红发进来，却没有雪见那丫头跟着。我知道红发爱极了宋朝工匠们的各种精巧制作，我们了解到大部分高级工匠经过了许仙培训，这许仙还真是个鲁班似的神人。红发这唯恐天下不乱的家伙，他肯定会赞同宋朝舰队回去，而且我还欠他一个承诺，正可以拿来要挟我。看来只有寄希望于秋风清的冷静了。

果然红发见我就问："雪见说你要自己回去，不管这船队了，真的吗？"

"真的。我意已决，不用劝我。"

"呵呵，这架势还真像皇帝。可惜你是作家赵眘，你还真不能独断专行。"红发毫不客气地拿起紫檀木条案上的一柄玉如意，"信不信我用这玩意儿能敲破你的脑袋瓜子？"

"红毛儿！"文舟喝他，"好好说话。"

"你希望打仗？你希望看到城市被暴雨和洪水淹没，巨龙从天而降喷射火焰？游戏中杀怪打终极怪兽理所应当，可现实中没有谁是你的预设敌人，大家都活得好好的，凭什么你要用一个800多年前死人的意愿做理由去攻击他们？"我说得很快，气势上足够将红发这家伙压到舱板下去。

"得了，你根本没明白我要说什么。"红发居然笑，"我们是个团队吧，一起过关一起到这里来。那这件事情就不该你一个人说了算，应该大家商议，大家投票表决！"

我和文舟都被他这话惊住了。想不到红发脑子里有民主这种玩意儿存在。"呵呵，你们小看网络游戏的作用。"红发说，"网游对普及民主意识绝对有好处。"

"得得得，"我打断他的发挥，歪楼和灌水可是网络论坛的重要特征，我等之辈皆有抢沙发走题的恶习，"红发，这件事情我一个人就能做主，用不着民主。"

"五钱，你这样不好。呵呵，我就不说你还欠着我一个承诺了，你想就这样回去，刘将军他们会放你吗？再说你打算怎么回去？你确定从此以后你都打算一个人面临各种问题不要朋友？"红发居然也用长句，伶牙俐齿得不像他。

如果投票，即便秋风清支持我，我也只有两票，因为雪见必定支持文舟，那么还得按照文舟的意愿行事。不能投票。

"不能投票。"文舟抢在我前面说，"我不想因为投票大家分裂，"他望向我，目光和煦，"我们能站在这里，不易，而且，我们是朋友。"

　　"是啊，"秋风清打圆场，"我们不妨都说说各自的想法，再来看看怎么统一意见。"

　　"我的想法大家都知道，我不会带船队回去。"我说。

　　"应该带他们回去，他们在这里等了800多年，不应该让他们失望。"文舟说。

　　"呵呵，"红发瞧瞧我又瞧瞧文舟，"我觉得这船队哪儿都不该去。"看到我和文舟又是一惊的样子，这家伙咧嘴笑，"就猜到你们会认为我是主战派，切，我才最希望世界太平呢。打仗有什么好，不能控制参数又充满变化，还没法儿重启进度。"

　　红发继续说："我们这几天在船上转，五钱你是没亲眼看见，匪夷所思的东西太多。这帮人走的根本不是西方科技那套路子，可是对自然力量的利用真到了能呼风唤雨的地步。老秋你有句话，怎么说来着，特精辟让我五体投地的那句……"

　　"宋人掌握了大自然的脉搏经络。"秋风清补充道，"他们用生物电，用潮汐力，而且正在做反重力的研究。"

　　"所以我更不想他们回去，会让我们的社会陷入混乱。"我说。

　　"但是对拯救资源日渐枯竭的地球有好处。"文舟说。

　　"我倒有个主意，"秋风清慢条斯理地说，缓和了室内的紧张气氛，"这样贸然带船队回到现实中去，有什么样的效果确实不好说，毕竟不是一条船，而是1754艘，21000人的规模。我想，其实让宋军回到宋朝去才是最好，那才是这支庞大舰队的正确方向。"见我们不予辩驳，秋风清继续说："至于怎么去，我想无非是时间方向的问题，二龙既然能开通去现实的道路，也应该能将这道路的目标改为过去。这样，想改造世界的文舟去宋代，不想改变现状的五钱、红发回家，这样岂不方方面面都照顾了。"

听上去不坏，而且按照物理学理论，船队去宋朝不会影响我们现在的生活，因为那将是另一个时空的故事了。

"的确，这是个两全其美的方法，老秋你会跟谁？"文舟也点头。

秋风清笑道："这还用问，文舟我不早和你是一根绳子上拴的蚂蚱了吗？"

"啊，要是这样我都想和你们走了，"红发说，"真正的宋朝啊，多带劲儿。"

我瞧着他们仨，心情轻松许多："那我也去，红发都说了，咱们是个团队，不能分。"

"同去同去！壮志饥餐胡虏肉，笑谈渴饮匈奴血。待从头，收拾旧山河，朝天阙！"文舟意气风发，回头看到雪见，笑道，"雪见呢？和我们去大宋不？"

雪见不知道什么时候来的，安安静静站在角落里，此刻才说："你们想得美，恐怕难。我刚才从仪象台那儿过，好像是那机器出了什么问题，周朗要来了。"

仪象台在宝船中央，是一部记录时间与星相的机器，复杂的齿轮传动系统看一眼都让人眼晕。机器顶端有个报时的机器人，宋人叫它饶神，会按时自动击饶报时。我们没带任何计时工具，不知道宁静海上的时间与真实世界时间的换算关系，单从日出到日落的感觉来看，并不觉得这里的时间有什么异样。

说话间周朗就到了，他从来肃重，此时更是脸若冰霜，示意有重大事情要与我单独谈话。我的朋友们知趣地退出房间，但我和周朗都清楚，他们肯定在隔壁听着呢，那薄薄的舱板根本就是个摆设。

周朗说："臣通过仪象台演算，发现了一个问题，事关重大，臣必须和官家商议应对之策。"

第六场　盛典

日。宁静海。

晨。大宋舰队宝船。

内侍坚持要给我戴假发，他们认为直接将冕冠戴在我头上是没有规矩。假发梳髻，带赤金冠子，然后是厚重的冕服，肥厚的赤舄，还有蔽膝、佩绶等。他们来来回回，围绕着我，精心装扮着我，还有宫娥往我脸上扑粉。这一切的忙碌都是为了在半个时辰后的加冕大典上，我能够体面尊贵地戴上皇帝的冕冠，正式行使皇帝的权力。

我任由他们折腾，像个木偶人，心神完全不在此处。

文舟他们，应该已经平安到达现实中的香港，在茶楼中喝茶了吧？

事态如此发展，真如红发所说，我们不能掌控的事情太多，而我们太过书生意气，竟连一张底牌都没有给自己准备。

转变的开始，是周朗来向我报告仪象台的问题……

周朗说："官家想必知道，仪象台记录时间，观测星相，若没有它，这船队在海上便无法生活。"

我点头："不错，这你已经向我介绍过了。"

"臣没有说明，这仪象台是臣与许仙的合作，唯一的合作，臣也因此与他分道扬镳。"周朗并不愿多提前情，"这器械还可以演算未来，窥视未知之事。"

"什么？"这船上令我吃惊的东西已经太多，若真有部时光机器也不算出格，我承受得起。

"因为我们分歧太大，仪象台只能演算此时间空间的内容，而其他地方都无法了解。官家来之后，我试图观看以后的世界，却什么也没看到。"

"那又怎样？不是只能演算这个时空吗？"

"如果我们随官家离开平静海，仪象台就应该可以演算出我们的未来。除非，是有其他意外。"周朗欲言又止。

"你但说无妨。"

"官家来时说那边世界已经宋亡800年，而我们这里还是淳熙66年，时间上究竟这两个世界相差了多少年？"周朗问。

"700多年吧。"我回答他。

"700多年呢，人不可能活这么久吧？"周朗幽幽地说。

"你这是什么意思？"

"臣等若随官家回故里，便是要在瞬间经历这700多年的时间，血肉之躯怎能扛得过，俱将化为尘土，所以仪象台什么也演算不出来。"

两个世界的时间差异这个我还真没想到过："你的意思是说我若带舰队回去，会毁掉他们吗？"

"毁掉我们，我们将在看到那个世界的第一束阳光时灰飞烟灭。"周朗纠正我的话。

"周朗，朕来就是带你们去恢复大宋疆土，你却劝朕放弃！"

"官家恐怕必须放弃，否则，一切都是空谈。"周朗坚持。

"但刘将军怎么办？这上千艘船只的上万人怎么办？告诉他们不能回去了，因为外面的世界已经过了800年，没有他们的位置了，你能这么去告诉他们吗？朕不能，朕不忍心毁灭别人的希望。"

"如果官家肯配合我，臣便能让船队继续留在宁静海上，而不使众人起疑心。"周朗请求。

当时我心里还有几分侥幸，周朗的发现完美地给了我留下宋舰的理由，只是文舟他们会遗憾——改变未来不行，改变过去却也做不到了。进入时间缝隙的这班人马，就只能在这缝隙中的宁静海上，过着宁静的生活，直到有一天他们想出平衡时间差异的办法，突破时空的限制。这真是上好的小说素材。

文舟却没有我这样乐观的心态："我看这周朗不是什么好人，只怕另有图谋。老五，我们得防着他点。"

"是啊，他和许仙怎样的争执到现在都不肯多讲，"秋风清也说，"时间的问题听着挺有道理，可根本是个证明不了的事情。"

"我们身上会不会也有时间差？"红发问。

"会。只是现在还不明显。但这里的时间比外面慢很多，待的时间长了就会显现的，到时候，我们也会一样回不去了。"我说，看看大家，多日的焦虑终于不能忍耐，我痛下决心，"所以，我们要赶快走！"

"啊？"众人面面相觑，"这就走？"

"对，事不宜迟。后天我加冕时，周朗不定会有什么花样。我不想和这个人斗，也斗不过，不如一走了之。"我低声道，"本来无一物，何必惹尘埃。"

文舟沉吟："难道没有别的办法吗？非走不可？"他望向众人，"就这样走？"

"周朗确实高深莫测，何况这是他的地盘。"秋风清说，"走，起码此刻我们还可全身而退，晚些形势怎样变化不好预测。"

"刘剑雄呢？此人能否利用？"文舟仍不死心。

"我要回家。"雪见忽然说,"我想妈妈了。"

一句话说得众人无语。良久,文舟叹息问我:"那你可有什么具体计划?"

"明夜,刘将军将办豪宴庆祝船队即将启航,到时候你们看我眼色行事。"我已然胸有成竹。

周密的计划最关键的是不能露出马脚,所以我的计划一个字也没有向文舟他们透露。事实上,我也无法和他们描述。我以为,那真是一个万无一失的计划。

钟声回荡,内侍在卧室门口高呼:"时辰到!"我的思绪回到现实,看看穿衣镜中的自己,很有帝王之相。

"法海,法海!"我叫这一直不离左右的铁皮家伙,它却没有反应。

"回陛下,法海卫士昨夜失足落水,捞上来已成废物,无法再供官家使用。"内侍中一人答道。

法海,昨夜,我的思绪又开始乱走——

夜晚,甲板上亮起无数夜明珠。这些萤石颜色各异,将宝船照耀得光彩夺目。周围船只上则亮起人造太阳,明晃晃的光芒把方圆数百里的海面都照得如同白昼。船队像是海上的仙境,闪烁着光明。各船放起烟花,伴随着一声声庆祝的炮火,夜空升腾起一片片的璀璨。白龙青龙在烟花中穿梭,甚是好看。各船的官员们都乘着似海鸟的飞行器飞到宝船上,将种种为加冕仪式准备的礼物堆满甲板。楼船顶的正殿里,佳肴美食与歌舞杂技一起呈上,人们开怀畅饮,举杯相庆。刘剑雄和周朗一遍遍上来敬酒,我也回敬他们,好一片君臣融洽。我喝令侍从换了大酒碗,举碗对众船长说:"今日终于与你们团聚,你们辛苦了,朕要敬你们三大碗酒,朕替大宋的子民谢谢你们!"那些纯朴的宋人,便欢呼着与我共饮。我也命人给我的朋友们斟酒，叫他们尽情品尝餐桌上宋朝的美味。

这场欢宴直到夜半，各船的官员们才昏沉沉地离开了。宝船上的所有人都在酒精的麻醉里沉睡，我也醉了，我的腿不听使唤地沉重，但我还能呼唤那些熟悉的名字：文舟、秋风清、雪见、红毛儿，我命法海悄悄将他们带到船尾。

"可惜白素贞没来赴宴。"文舟说，"真遗憾啊！"一点儿都不像要谋取天下的样子，而是我当初认识的那个健谈、和善、亲切的小伙子。

"不过好吃的东西我是吃够了，下半辈子只想吃素了。"红发笑。

雪见也笑："漂亮的衣服首饰我也是穿戴够了，可惜老五什么都不让我们带走，要不一定馋死牙大她们。"

"我们如何走呢？"秋风清一贯现实，可这个时候说这话还真有点煞风景。

我望向法海，它金属的面孔上反射着我的脸，瓮声说道："我谨遵主人的命令，已经通知过了。"

我击掌。海水微泛涟漪，白龙并没有出现。我再击掌，朋友们觉察到我的异样。"相信我，这是唯一能让我们迅速离开的方法。"我解释，好在龙魂终于来了。

龙魂冲我行礼："主人传唤我，有什么吩咐？"

"带我们回到我们来时的世界中去，马上。"我命令。

"主人你确定要离开这里吗？还有五个时辰才是主人启航的时候。"

"不，我现在就要走。小白，你不听从主人的命令吗？"

龙魂又行一礼："我听从主人的吩咐，主人希望我把你们送到哪里去？"

"送回家，那还用说吗？"

龙魂点头，走到众人面前，轻轻一挥手，我的朋友们就软绵绵倒下去，化为青烟，而她手中，多了4颗晶莹剔透的珠子。龙魂张口便将那些珠子吞下。我看着这一幕，转头对法海说："好生看护小白。"便朝龙魂走过去。

"主人，在下冒犯了。"龙魂便要扬手，斜刺里却射过来一道闪电，龙魂急忙避开。周朗来了，他跨步上前，正好站在我与龙魂之间。

"大人这么晚了还不睡吗？"我问。

"睡不着，怕明日的加冕仪式会出什么差错，所以臣又检查了一遍。官家为什么在这里呢？这小姑娘是什么人？"

"大人，这与你无关，请大人休息，朕想独处一刻。"

周朗注视着我，他的平静中隐含着千钧之力："官家想借龙魂逃遁吗？"他冷笑，伸手忽然擒住我。法海上前阻拦，周朗手掌一拍，这铁皮人竟跌跌撞撞，掉入海中。

"你竟敢伤害主人！"龙魂愤怒，身后隐隐龙形闪现。

"别急，小姑娘，我不会伤害他的，我只是不想让他走。"周朗说，"官家怎么能在这么重要的时刻临阵脱逃呢。"

"龙魂，你走吧，去执行我的命令！他不会伤害我。"我被周朗扼住脖颈，几乎窒息。

"我可以带你走。主人，周朗他是偷袭，他打不过我的。"龙魂说。

"那么，你是不想再见到小青了？"周朗冷笑，"它现在正等着你的消息呢。"

龙形瞬间暴涨三四倍，小姑娘被激怒了："你用青妹妹威胁我？"

"不敢，我只想请官家留下。官家，过了明日你再走也不迟啊，你总该给这两万宋人一个交代。"

"他说得对。小白，你去吧，明天再来接我好了。"我劝慰，"送我的朋友们走吧，他们被我牵连太多了。"

"主人还有什么嘱咐吗？"龙魂恢复原形，问。

周朗的眼中有压抑的火，他是那么不可信任。我摇头："没有了。倘若你能让他们失去这段宋朝舰队的记忆，那是最好。"

"这是举手之劳。"龙魂说，深鞠一躬，便消失在夜色之中。甲板上只留下我与周朗，寂寞地看着对方。

"你有过朋友吗？"我问他。这几日我看得出来，刘剑雄对他只有敬重没有友情。

"我不需要朋友。"周朗冷冷地说，"请官家回寝宫休息，距离加冕的时间可不多了。"

加冕？我看到那顶皇帝的黑色冕冠被放在一个金漆缎衬的盘子中，圆方的冕板前后垂了十二排玉珠，样式并不华丽，和我身上穿的这黑红的冕服一样都在典雅中透露着华贵的含蓄的美。

礼乐齐鸣，所有的官员都着礼服站立两旁，周朗在首位，脸上丝毫没有异样的表情。昨夜，似乎只是欢宴，没有任何其他的事情。

我缓缓走过去，周朗下一步计划是什么？他怎样让船队继续留在宁静海上？他要我做什么？几步之间，我颇体会到古代君主之艰难，世人只看到他们高高在上的光环，却看不到他们在复杂政治斗争中的挣扎，他们周围危机四伏。

司仪官开始唱诵，我听不大清楚他的唱词，心里只当是给铁皮法海的挽歌，可惜了这个忠心耿耿的机器仆人，那样坚硬的躯体却承受不起周朗一掌。这周朗到底是个什么怪物？

司仪官示意我给自己戴冠，这是旁人代替不了的。我微笑，拿冠。冠却仿佛火炭，灼烧我的皮肤，我急忙扔开冕冠。

那司仪官诧异，惊呼："官家，你怎戴不得这冕冠？莫非你是冒充的不成？"

刹那间我想回头看周朗脸上的表情，那脸上怎么都该有几分得意之色吧？

但我只是抬头深呼吸。

天特别的蓝。

尾声

淡淡幽香飘来，我看到白素贞。她就像一轮明月照亮这污秽不堪的底舱牢房。她纤手轻轻一指，牢房的铁门便自动打开。"官家，"她低呼，"让你受委屈了。"

我笑："还好。我以后可以演德普的角色，一定比他演得好。"

"官家莫说笑了，快跟我来。"白素贞说，手中罗扇略动，那船舱舱壁上就开了个洞，她拉着我，纵身跳向洞外。海面上漂浮的一只巨贝，稳稳将我们接住。

"我们走！"白素贞低呼，摇晃罗扇，那巨贝便如快艇，片刻之间就驶离宝船数十丈。今夜众船灭灯息鼓，显然是白日我的突变中止了返程计划，让众人都十分沮丧。漆黑的海面倒是方便我们逃亡。

"周朗好计策。我若是假冒，就不必有什么返回本土的航程了。刘剑雄的一腔热血，徒然浪费了而已。"我躺下，贝壳底铺了柔软的丝棉，比牢房中的海藻海草舒服太多。

"他是不得已，并非要加害于你。毕竟，你身上有官家的血。"白素贞说，"还请你原谅。"

"那我为何戴不得那冕冠？你也不明白吧？我告诉你，因为我是孪生的，我还有个妹妹，我身上孝宗皇帝的血少了一半呢。"我说。

白素贞的脸色有点奇怪："竟是这样吗？"她半问我半问她自己，"这岂不是很滑稽？"

"很滑稽，郑重其事的事情最后全部荒谬。好了，你有酒没有？我渴死了。"

酒立刻来了，贝壳深处藏着精美的酒壶和精致的点心。我仿佛看到西湖中那一叶扁舟，舟中鸡皮鹤颜的白老太太，她是棋子，却做得快乐，该敬她一杯。还有那位消失在历史深处的许仙，期望大宋盛景之档案能够吸引孝宗的转生，令人钦佩的努力，也该敬一杯。还有铁皮法海，它等待800年不过就是为了替我抵挡一掌，该敬一杯的……不知喝了多少，我的头昏昏沉沉。

白素贞忽然说："你怎不问我带你去哪里？"

"总之不会是送我回去。"我笑，"周朗并不希望真有个皇帝出现。这里就像桃源仙境，没皇帝大家都快乐。"

"你怎知？"白素贞问不下去，漂亮的眼睛里蒙上一层雾气。

"小青不是那么好骗的。除了你，恐怕它难以信任第二个人。"我说，"不过，我还是要谢谢你，肯允许小白送我的朋友们回去。"

白素贞点点头："那么，我就送你到这里吧。"她说，"你自己珍重。"身影顿时融化在夜色里。

好的，我还想和朋友们团聚，笑说这段传奇。我依偎在贝壳里，贝壳在海水中飘荡，我就要睡去，但我身下的贝壳开始渗水，海水流淌进来，渐渐淹没了小舟……

咸涩的液体灌进我的鼻子和嘴，我在往下沉。没有白素贞，没有青蛇，没有法海，我的腿不听使唤地沉重。我叫那些熟悉的名字：文舟、秋风清、雪见、红毛儿，没人回答我。海水召唤着我，幽深清亮温柔的海水……

晨曦在头顶的海水中闪耀，我清醒了，没有什么可抱怨的……我又冷又倦，我觉得我要沉下去了，沉下去变成一具尸体，明早漂浮在海面上。

文舟你们平安回去就好。我懒得再摆动灌铅般的双腿，任由自己沉下去。

光越来越暗，海水如厚重的帘布，缓缓合拢，世界这舞台将对我关闭。

我就这样沉下去……

脖颈上的琉璃贝壳发出清澈明净的蓝光，一群水母出现在我身下。它们透明的身体里同样发着光，成百上千的光点组成一条光的道路，在黑暗的海水中延伸。

我跃上那条光路，光华之间，我感到身体重新充满力量，我划动着手脚，从光的这端穿了过去……

"拉上来了！拉上来了！"纷乱嘈杂却热情的声音，在我耳边起伏。我睁开眼睛，一群现代人围着我，七嘴八舌，有人给我披上军大衣。

"我怎么了？"我挣扎着问。

"你掉湖里去了，西湖就这个地方深，你还往这掉，不想活了！"

"今天是哪年哪月哪日？"

"脑子也坏掉了啊？今天是2007年7月1日，你什么时候掉湖里的？"

人们的询问在我耳边嗡嗡作响，我浑然不觉。我终于回到了自己应该存在的时空，2007年的西子湖畔。我摸摸脖颈，柳大送的那琉璃贝壳不见了，想必丢在了来路上，真是可惜。

2007年7月4日，我从医院回到住所，打开电脑，上网，熟悉的MSN上却没有文舟他们的名字。文舟、秋风清、雪见、红发、柳大，一个人的名字都没有，而我清晰记得我将他们都拉到了"白蛇"的组里。打开手机，通讯录里也没有他们的手机号码。看来小白抹去他们的记忆时，也将他们和我的关系一并抹去。

他们不会记得，曾经与一个叫五钱的人经历了一场与白蛇有关的探险。

心绪不宁，我去点击他们的博客。通过他们的文字，我能看到他们在显示屏前奋力敲打键盘，在家人簇拥中欢笑，在露台上眺望星空……我的朋友们，毫发无损，容颜未改。

文舟的博客忽然更新，赫然写着："临近中午，得到噩耗，柳大仙去了……"

我的手腕哆嗦，握不住鼠标，呆呆地看着那两行字，直看得泪眼模糊。

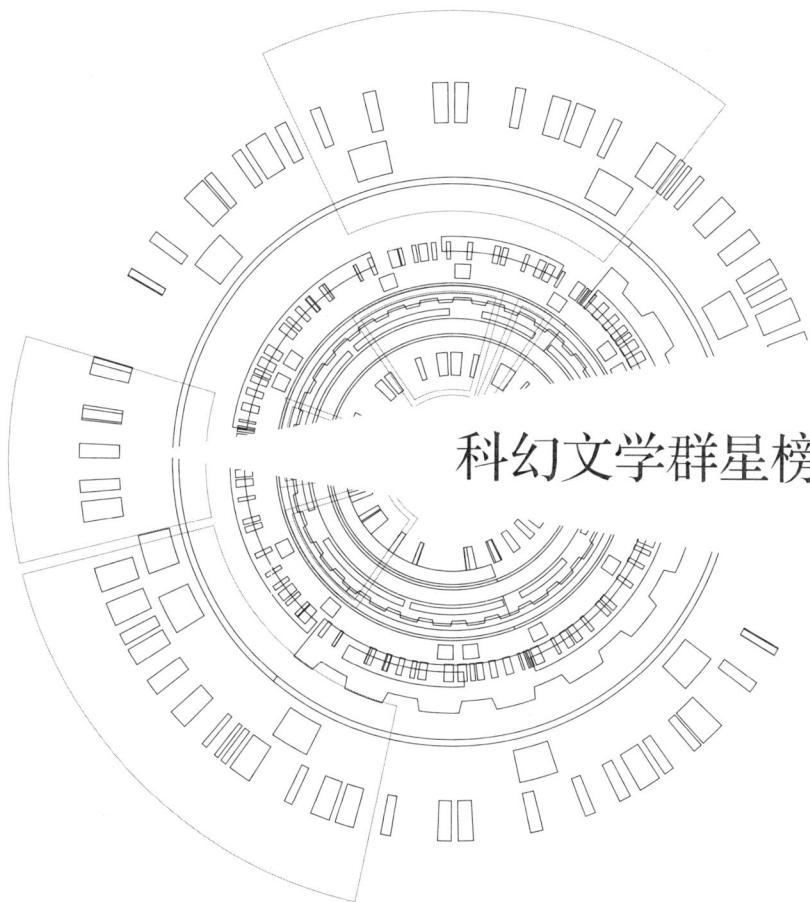

科幻文学群星榜

科幻文学
群星榜
出版书目

序号	作者	书名
1	郑文光	侏罗纪
2	萧建亨	梦
3	刘兴诗	美洲来的哥伦布
4	童恩正	在时间的铅幕后面
5	张静	K星寻父探险记
6	程嘉梓	古星图之谜
7	金涛	月光岛
8	王晋康	生死平衡
9	刘慈欣	纤维
10	潘家铮	子虚峡大坝兴亡记
11	韩松	青春的跌宕
12	星河	白令桥横
13	凌晨	猫
14	何夕	异域
15	杨鹏	校园三剑客
16	杨平	神经冒险
17	刘维佳	使命：拯救人类
18	潘海天	饿塔
19	拉拉	永不消逝的电波
20	赵海虹	月涌大江流
21	江波	自由战士
22	宝树	人人都爱查尔斯
23	罗隆翔	朕是猫
24	陈楸帆	动物观察者
25	张冉	灰城
26	梁清散	欢迎光临烤肉星
27	七月	撬动世界的人于此长眠
28	杨晚晴	天上的风
29	飞氘	讲故事的机器人
30	程婧波	第七种可能
31	万象峰年	点亮时间的人
32	长铗	674号公路
33	迟卉	蛹唱
34	顾适	为了生命的诗与远方
35	陈茜	量产超人
36	刘洋	单孔衍射
37	双翅目	智能的面具
38	石黑曜	仿生屋
39	阿缺	收割童年
40	王诺诺	故乡明
41	孙望路	重燃
42	滕野	回归原点